눈이 올 정도로 추운지

눈 이 울 정 로
도

추 지
운

제시카 아우
소설

이예원
옮김

COLD
ENOUGH
FOR SNOW

JESSICA
AU

엘리

올리버에게

차례

우리가 호텔을 나섰을 때 밖에는 비가 약하게 흩뿌리고 있었는데 이런 비는 10월의 도쿄에서 간간이 만나는 비다. 나는 우리가 가려는 곳이 그리 멀지 않고, 어제 우리가 내린 역까지 가서 전철을 두 번 잡아타고 작은 골목길 몇 개를 지나 걷다보면 곧 미술관이 나온다고 말했다. 우산을 꺼내 펼치고 외투 지퍼를 올렸다. 이른 아침이라 거리가 사람들로 붐볐는데 대부분 역을 등지고 걷고 있어서 역을 향해 걷는 우리와는 방향이 달랐다. 엄마는 지나는 인파가 물살이라도 되어 그에 실려 자칫 헤어지기라도 하면 다시는 서로에게 돌아오지 못하고 막막하게 떠내려가리라고 상상했는지 내 곁에 바짝 붙었다. 비는 살갑고 꾸준했다. 그 비가 얇게 물막을 남긴 땅이 아스팔트가 아니라 연이어 붙인 작은 타일형 보도블록으로 되어 있음을 굳이 눈길을 기울이면 알 수 있었다.

우리는 간밤에 도착했다. 내 항공편이 한 시간 먼저 떨어져 공항에서 엄마를 기다렸다. 책을 읽을 기운은 없었지만 짐을 찾고 고속철을 선택해 표를 두 장 사고, 내친김에 물도 한 병 사고 ATM기에서 엔화도 샀다. 더 사둬야 하나 고민했다. 마실 차나 먹을거리라도. 하지만 엄마가 비행기에서 내려 무얼 느낄지 알 수 없었다. 게이트에서 걸어 나오는 엄마를 나는 한눈에 알아봤는데, 멀찌감치서 봤음에도 어쩐지 몸을 가누는 자세나 걸음걸이만으로 얼굴이 확실히 분간되기도 전에 엄마임을 알아차렸다. 가까이에서 보고는 여전히 고심해 옷을 차려입는 걸 알 수 있었다. 갈색 셔츠와 진주 단추, 맞춤 바지, 자잘한 옥 장신구들. 늘 그랬다. 비싸지는 않아도 재단과 맵시와 질감의 세세한 조합을 생각해 선별한 옷을 입었다. 이삼십여 년 전 영화에 나오는 잘 차려입은 여성처럼 예스럽고도 우아해 보였다. 엄마가 지닌 큰 짐 가방도

눈에 띄었는데, 우리가 어릴 적에 늘 보던 가방임을 곧 알아차릴 수 있었다. 엄마 방 벽장 꼭대기에 항상 놓여 있던, 쓰는 일이 워낙 없어 그 위에서 우리를 압도하듯 내려보다가 엄마가 드물게 가족을 보러 가거나 부친상을 치르고 다시 형제상을 치르러 홍콩에 돌아갔을 때나 장에서 내려오던 가방이었다. 흠집도 딱히 없고 여전히 새것처럼 보였다.

연초에 나는 함께 일본 관광을 가지 않겠느냐고 엄마에게 물었다. 이제 같은 도시에 살지도 않고 성인이 된 뒤로 같이 여행을 다녀온 적도 거의 없지만 왠지 그래야 하지 않을지, 그러는 게 중요하다는 생각이 아직은 말로 설명하기 어려운 이유에서 들던 무렵이었다. 엄마는 처음엔 썩 내켜하지 않다가 내가 계속 밀어붙이자 결국 동의했는데, 딱히 그래 그러자고 말한 건 아니지만 항의를 조금 덜하는 식으로 또는 내가 다시 물었을 때 수화기 저편에서 머뭇거리는 식으로 의사를 표했고, 그걸로 나는 엄마가 따라오겠다는 뜻을 드디어 넌지시 밝혔음을 알 수 있었다. 목적지를 일본으로 정한 건 내가 이미 가본 곳이기 때문이었고, 엄마야 가보지 않았지만 아시아권의 다른 지역을 둘러보는 게 엄마로서도 마음이 더 편하지 않을까 싶었다. 어쩌면 우리 둘 다 이방인이 된다는 점에서 대등한 입장에 놓이게 되리라 여겼는지도 모르겠다. 여행 시기는 엄마도 나도 늘 선호해온 계절인 가을로 잡았다. 정원과 공원도 그때 가장 아름다울 터였다. 계절 끝자락, 대부분의 것들이 사라진 때. 여전히 태풍철일 거라고는 미처 생각하지 못했다. 이미 기상예보에서 여러 차례 주의를 주었고, 우리가 도착한 뒤로 비가 꾸준히 내리고 있었다.

역에서 엄마에게 교통카드를 건네고, 나란히 개찰구를 통과했다. 역사에 들어가 전날 밤 지도에 표시해둔 내용과 맞춰가며 우리가 탈 전철 노선과 승강장을 찾았고 마침내 연결편을 확인할 수 있었다. 승강장 바닥에 승차를 위해 줄을 서는 곳이 표시돼 있었다. 우리는 고분고분 줄을 섰고, 전철은 몇 분 내로 도착했다. 출입문 근처에 빈자리가 하나 있기에 나는 엄마에게 앉으라고 손짓해 보이고 그 옆에 서서 지나치는 역들을 내다보았다. 빗속에 칙칙하게 펼쳐진 회색빛과 콘크리트로 이루어진 도시의 모습이 낯설지만은 않았다. 건물, 육교, 열차 건널목 모두 친숙한 형태지만 세부적인 요소와 자재는 조금씩 달랐고, 이러한 작지만 의미 있는 차이가 계속 눈길을 끌었다. 이십여 분 지나 우리는 비교적 한산한 교외선으로 갈아탔고, 이번에는 엄마와 나란히 앉아 창밖에 보이는 건물의 높이가 차츰차츰 낮아지다가 외곽으로 접어들며 흰 벽과 평평한 지붕과 경차가 세워진 진입로를 둔 가정집으로 변하는 모양을 같이 지켜보았다. 문득 지난번에 이곳에 왔을 때는 로리와 함께였고 엄마 생각을 드문드문 했던 기억이 떠올랐다. 그리고 이제 이렇게 엄마와 함께 여행하며 드문드문 그를 생각하고 있었다. 아침부터 한참 어두워진 시간까지 이 도시를 분주히 돌아다니며 모든 걸 보고 모든 걸 흡수하려 들었던 우리를. 여행 기간 내내 로리와 나는 어린 시절로 되돌아간 양 잔뜩 들뜨고 신이 나 끝도 없이 떠들고 웃었고, 채워도 채워도 부족하다고 느꼈다. 그런 느낌을 아주 조금이라도 좋으니 엄마와 나누고 싶다는 생각을 당시 했던 기억이 났다. 내가 일본어를 배우기 시작한 것도 그 여행을 다녀온 뒤로, 무의식적으로 이미 이 여행을 계획하고 있었던 듯했다.

이번에 내린 곳은 나무가 많은 동네의 작은 거리였

다. 이곳의 가정집들은 도로변에 바짝 붙었고, 비좁은 공간마다 모란이나 분재를 심은 소소한 화분이 놓여 있었다. 어릴 때 우리집에도 분재가 있었다. 잘디잔 발이 달린 네모난 흰색 화분에 든 분재였는데, 엄마가 샀을 리는 없으니 선물받은 걸 우리가 키우며 돌본 거지 싶다. 어린 마음에 그 나무가 괜히 싫었던 기억이 났다. 삽화만큼이나 작고 세밀한데, 마땅히 숲에 있어야 할 것 같은데 저 혼자 똑 떨어져나와 자라고 있는 모양이 자연스럽지 않아 보인다고 아니면 외로워 보인다고 생각했던 건지도 모르겠다.

우리는 걸으며 뿌연 유리벽돌로 한 면을 쌓은 건물과 버섯 색깔 건물을 지나쳤다. 몇 보 앞에서 한 여자가 낙엽을 비질해 봉지에 담고 있었다. 우리는 엄마가 새로 이사한, 나는 아직 보지 못한 집에 대해 얘기했다. 그맘때 엄마는 우리가 어린 시절을 보낸 집을 나와 언니가 사는 동네 근처, 손주들과도 한결 가까운 교외 주택지의 작은 건물로 막 이사한 참이었다. 동네가 마음에 드는지, 선호하는 식재료를 구할 적당한 가게가 주변에 있는지, 근처에 사는 친구는 없는지 물었다. 엄마는 아침에 새소리가 아주 요란하다고 했다. 처음에는 아이들 비명소리인가 싶어 걱정돼 잘 들어보려 밖에 나가보기도 했는데, 그러다가 새소리인 걸 깨닫고 나무를 두리번거렸지만 정작 새는 어디에도 안 보였다고 말했다. 변두리다보니 땅이 여기저기 턱턱 널려 있고 고속도로가 지났다. 주변에 집이 그리 많은데 걸어도 걸어도 사람 하나 마주치는 일이 없다고도 했다.

공원이 저만치 보여 나는 휴대폰을 꺼내 지도를 확인했다. 엄마에게 공원을 가로지르는 게 좋겠다고, 미술관까지는 거리상 별 차이가 없다고 말했다. 걷는 사이 비가 그친 걸 깨달은 우리는 우산을 접었다. 공원 안으로 진입하자 숲지붕이 어둡게 드리우고 산책로가 구불구불 이어지는 널찍한 공간이 나왔다. 어릴 때 그리던 공원의 모습과 똑같았다. 나무가 무성하고 그늘이 지고 축축한, 세계 속 또 하나의 세계. 우리는 텅 빈 놀이터를 지났다. 테두리를 파랗게 칠한 금속 미끄럼틀 표면에 통통한 빗방울이 맺혀 있었다. 나무 사이로 작은 개울이 각기 굽이져 흐르며 서로 엇갈렸다 헤어졌다 다시 엇갈렸다. 물의 흐름을 방해하는 판판한 돌이 작은 산과 협곡처럼 여기저기 놓이고,

동양의 이미지를 담은 엽서나 여행 사진에 자주 등장하는 좁고 아담한 다리가 드문드문 보였다.

　여행을 떠나기 전에 나는 카메라를 새로 하나 장만했다. 디지털이지만 작은 문자반이 세 개 있고 유리 뷰파인더 외에도 손가락으로 돌려 조리개를 조절할 수 있는 짤막한 렌즈를 갖춘 니콘 카메라였다. 엄마의 청춘기에 삼촌이 홍콩에서 가족사진을 찍을 때 썼다는 카메라를 떠올리게 했다. 엄마는 그때 찍은 사진을 아직도 몇 장 갖고 있었다. 어릴 때 나는 하나씩 붙따르는 이야기를 들으며 그 사진들을 자주 구경했고, 사진 표면에 간간이 맺힌 색점이 물에 뜬 기름방울처럼 영롱한 구멍을 빚는 모습을 신기해했다. 내 눈에 비친 그 사진들은 구세계의 고아한 자태를 담고 있었다. 전통적인 부부 초상을 찍듯 엄마는 앉고 삼촌은 그 뒤에 서 있는 자세부터, 두 사람의 머리 스타일과 무늬진 드레스와 말끔히 다린 흰 셔츠며 그 뒤로 보이는 홍콩의 덥고 습한 거리와 하늘까지. 시간이 흘러 나는 그 사진들을 까맣게 잊었고, 세월이 한참 더 지나 언니와 함께 엄마 집을 정리하던 중에야 구두 상자 가득 든 누런 봉투와 작은 사진 앨범에서 다시 발견했다.

　카메라를 꺼내 노출계를 조정하고 뷰파인더에 눈을 대며 뒤로 몇 보 처졌다. 우리 사이의 거리가 달라진 걸 감지한 엄마가 돌아섰고, 사진기를 든 나를 보고 바로 상투적인 자세를 취했다. 두 발을 가지런히 모으고, 등을 펴고, 두 손을 맞잡으며. 이대로 괜찮니, 아니면 저기 나무 근처로 갈까? 엄마가 물었다. 내가 담고 싶었던 건 사실 평상시에 보이는 엄마 얼굴, 혼자 생각에 잠겨 있는 얼굴과 같은 조금은 다른 모습이었지만 그대로 좋다고 대답하고 그냥 찍었다. 나도 한 장 찍겠느냐고 엄마가 물었지만 나는 아니라고, 이만 가보는 게 좋겠다고 말했다.

　여행을 앞둔 몇 주간 나는 상당한 시간을 들여 관광할 장소를 물색했다. 신사, 숲이 우거진 공원, 갤러리, 전쟁 이전에 지은 몇 안 남은 고가옥 등등 엄마가 뭘 보고 싶어할지 고심하며 찾고 골랐다. 주소, 설명, 문 여는 시간 등의 정보를 용량이 제법 되는 파일로 정리해 노트북에 저장했고, 여행 기간을 십분 누리기 위해 이리저리 고민하고 더하고 빼며 적절하게 균형을 잡아봤다. 미술관은 친구가 추천한 방문지였다.

유명한 조각가가 전쟁 전에 지었다는 큰 가옥의 일부를 이루고 있다고 했다. 인터넷으로 이미 글을 두루 찾아 읽어둔, 기대되는 방문지였다. 휴대폰을 한 번 더 확인한 뒤, 여기서 갈림길로 접어들면 미술관이 있는 거리까지는 금방일 거라고 말했다. 발길을 옮기며 엄마에게 미술관에서 예상할 수 있는 볼거리를 간단히 설명했다. 직접 발견할 여지를 남기고 싶어 자세한 내용은 애써 생략했다.

가는 길에 아침 쉬는 시간을 맞은 학교 정문 앞을 지났다. 아이들이 쓴 알록달록한 모자가 나이나 학년을 알리는 것 같았고 모두 소란을 떨며 자유로이 놀고 있었다. 깔끔한 운동장, 밝은색의 놀이 시설, 여기저기서 차분히 아이들을 바라보는 교사들. 나는 언니와 내가 다닌 가톨릭 학교를 떠올렸고 엄마도 같은 생각을 하고 있을지 궁금했다. 엄마가 그 학교에 우리를 보낸 건 교육 수준보다도 체크무늬 교복 치마와 파란색 성경책과 이와 같은 장면, 엄마가 어린 나이부터 자기 자신을 위해 생각하고 바라도록 주입받은 모든 것 때문이었다. 입학하고 몇 년 만에 언니도 나도 장학금을 받아 고등학교까지 그곳에서 죽 다니게

됐고, 그렇게 졸업을 하고 대학에 진학했다. 언니는 의대로, 나는 영문과로.

미술관 입구에 우산을 꽂아 보관하는 함이 보였다. 고가옥 안까지 빗물을 흘리며 드는 걸 막기 위한 조치이지 싶었다. 엄마에게 받은 우산의 빗물을 털고 내 우산과 나란히 꽂은 뒤, 이따 다시 찾을 때 써야 할 작은 열쇠 두 개를 챙겼다. 미닫이문을 지나 내부로 들어서자 나무 걸상 두 개와 갈색 슬리퍼가 가득 든 바구니가 보였다. 신발을 벗도록 별도로 마련한 공간이었다. 내가 장화를 벗으려 끙끙대는 사이, 엄마는 일평생 일본에 산 사람처럼 차분하게 신발을 벗어 가지런히 짝을 모으더니 나중에 나갈 방향인 거리를 향해 내려놓았다. 양말은 흰색이었고 발바닥이 갓 내린 눈처럼 티 하나 없었다. 어릴 때는 우리도 문간에서 꼭 신을 벗었는데, 하루는 수업을 마치고 친구 집에 놀러갔다가 그 집에서는 맨발로 정원을 뛰어다녀도 됨에 충격받았던 기억이 아직도 생생했다. 처음에는 발바닥이 좀 따가웠지만 친구 엄마가 스프링클러를 틀어줘서 흙도 금방 보드랍고 촉촉해졌고 잔디는 볕을 받아 따뜻하기까지 했다.

나는 슬리퍼를 골라 신고 푯값을 내러 갔다. 매표소에 앉은 여자가 지폐를 받아 동전을 거슬러주며 표 두 장과 근사한 흰 종이에 인쇄된 안내책자를 건넸다. 현재 두 개의 전시가 마련돼 있어 아래층에서 중국과 한반도의 작품을, 위층에서 유명한 작가의 직물과 섬유 작품을 볼 수 있다고 했다. 나는 고맙다 인사하고 책자를 챙겨 엄마에게 이 소식을 전하려 들뜬 마음으로 돌아섰다. 엄마가 늘 주의를 기울여 옷을 갖춰 입고, 우리 어릴 적에는 수선부터 치수 조정까지 완벽히 해주었던 일이 떠오른 것이었다. 나는 전시는 따로 둘러보면 어떻겠느냐고, 그러면 각자 관심 가는 작품 앞에 원하는 만큼 머물거나 머물지 않을 수 있지 않겠느냐고 제안했다. 대신 서로 어디쯤 있는지 감으로 파악해가며 너무 멀어지지만 않게 조심하면 될 거라고. 엄마가 아까 전철역에서와 같이 초조함을 내비치며 내 옆에서 떨어지지 않으려 들까 걱정했던 건데, 이 공간과 그 아늑한 범위 덕인지 엄마는 차분한 모습이었고 내 말을 듣고는 책자를 읽을 듯이 펼쳐 들며 순순히 옆방으로 향했다.

　미술관은 두 개 층에 걸쳐 있었다. 서늘하고 고요

한 공간으로, 고르지 않은 나무 바닥과 어두운색의 큼직한 들보 외에도 고택임을 알아볼 수 있는 흔적이 곳곳에 있었다. 사람들이 한때 왜소하고 왜단했던 만큼 계단도 작고 낮았고 발을 디딜 때마다 소리가 났으며 수천 쌍의 발이 반들반들 닦아놓은 중앙부는 우묵하게 꺼져 있었다. 창 사이로 장지문을 뚫고 들어온 듯한 뿌연 조광이 은은히 비쳤다. 나는 안내책자를 접어 외투 주머니에 넣고 아무 방으로나 들어갔다. 가능한 한 순진하게 전시 작품과 만나고 싶었다. 기원이나 유래에 대해 잘 모른 채 있는 그대로 작품을 보고 싶었다. 유리 진열장 뒤에 다양한 항아리와 그릇과 병이 전시돼 있고, 이름표에 각 작품이 제작된 시대와 나로서는 읽을 수 없는 다른 문자 몇 자가 수기로 기록돼 있었다. 작품마다 어딘가 투박한 데가 있었지만 동시에 활력이 느껴졌다. 섬세하고도 도독하니 일정하지 않은 모양새가 각기 손으로 빚었음을 알려주었고, 유약을 바르고 색감을 입히는 과정 역시 모두 손으로 이루어졌음을, 그리하여 과거 한때 식기나 음기와 같은 단순한 사물이 예술과 구별되지 않았음을 알 수 있었다. 나는 한 방 한 방 옮겨가며 작품을 감상했고, 마노처럼 푸른 배경에 아마도 연꽃일 흰 꽃이 그려진 그릇과 겉은 진흙빛이고 안은 달걀 껍질 빛을 띤 우묵한 사발을 카메라에 담았다. 얼마간은 엄마가 내 뒤에서 내가 멈추면 따라 멈추고 내가 빠르게 지나치면 마찬가지로 빠르게 지나치며 뒤따라오고 있음을 감지할 수 있었다. 하지만 오래지 않아 엄마는 시야에서 사라졌다. 1층의 마지막 방에 이르러 엄마가 모습을 보일까 싶어 잠시 기다리다가 2층으로 향했다. 계단을 오르는데 장지문을 열어놓은 방과, 그 밖으로 내려다보이는 평화로운 정원과 정원에 놓인 수석과 잎이 붉게 물들기 시작한 단풍나무 몇 그루가 눈에 들어왔다.

직물 작품은 길쭉한 방에 전시돼 있어 한눈에 모두 훑어보거나 하나하나 자세히 다가가 볼 수 있었다. 작은 작품도 있었지만 어떤 작품은 워낙 방대해 옷자락이 바닥으로 늘어지다 못해 얼어붙은 물줄기처럼 방을 가로지르는 통에 실제로 몸에 걸치거나 이 전시실이 아닌 다른 방에 걸린 광경을 상상하기가 어려웠다. 직물의 무늬는 원시적이고도 우아했고, 민화에 나올 법한 의복만큼이나 아름다웠다. 겹겹의 염료 사이로 빛이 비쳐 숲지붕을 이루는 나뭇잎을 올려다보는 기분이었다. 사계절을 연상케 하는 동시에 날줄과 씨줄을 드러낸 가닥가닥에서 이제는 잊힌 정겹고 정직한 무엇, 우리로서는 구경만 할 뿐 더이상 직접 살아낼 수 없는 무엇을 떠올리게도 했다. 그 황홀한 아름다움에 심취하면서도 이런 아련한 생각에 슬퍼졌다. 나는 몇 번이고 작품들 앞을 오가며 엄마를 기다렸다. 한동안 기다려도 엄마가 보이지 않아 결국 혼자 집 안의 남은 공간을 둘러보았고, 구경을 다 한 뒤에야 우산을 꽂아둔 보관함 옆 돌 벤치에 앉아 기다리고 있는 엄마를 찾았다.

직물 작품을 봤는지 묻자 엄마는 몇 개 보기는 했는데 그러다 문득 피로가 밀려와 여기 나와 기다리고 있었다고 말했다.

나는 왠지 그 방에 대해 더 이야기하고 싶었다. 거기서 느낀 묘한 날카로움에 대해 몇 마디 덧붙이고 싶었다. 대단하지 않으냐고 묻고 싶었다. 한때 이 세상을, 잎사귀와 나무와 강과 풀을 보고 그 각각의 무늬를 알아보는 사람들이 있었다는 게, 그뿐 아니라 각 무늬의 정수를 길어내 그걸 천에 입힐 줄 알았다는 사실이. 하지만 말이 나오지 않았다. 대신 나는 2층에 정원과 나무가 내다보이는, 사색의 공간으로 설계한 방이 있다고 말했다. 미닫이창을 열고 좁은 책상에 앉아 돌과 나무와 하늘을 바라볼 수 있다고. 가끔은 잠시 멈추고 그간 일어난 일을 생각해도 좋은 것 같다고, 어쩌면 슬픔을 생각하는 게 정작 행복을 느끼는 길인지도 모르겠다고 했다.

그날 밤 우리는 철길 근처 작은 골목에 있는 식당을 찾았다. 저녁 시간이라 운치가 있겠다 싶어 나는 수로를 따라 걷는 길로 안내했다. 주변 건물은 모두 어둠에 잠기고 나무도 소리 없이 어둡게 서 있었다. 수로의 가파른 벽에 난 식물이 아래로 줄기와 잎을 드리우고, 수면엔 물 위의 세계가 찰랑거리며 조심스러운 인상으로 번져 있었다. 거리를 따라 난 식당과 카페마다 낮고 어둑한 불빛만 각등처럼 밝히고 있었다. 도시 한가운데 있는데도 작은 마을에 온 기분이었다. 이런 기분은 내가 일본에서 특히 좋아하는 경험 중 하나로, 세상의 많은 것들이 그렇듯 이 또한 상투와 진실의 중간쯤 있었다. 아름답다고 내가 말하자 엄마는 웃음을 지었지만 동의하는 건지 가늠하기가 어려웠다.

식당은 2층짜리 건물 꼭대기에 있었고 계단이 어찌나 가파르고 비좁은지 사다리를 타는 듯했다. 우리가 안내받은 자리는 나무 카운터가 있고 좁은 창밖으로 거리가 내다보이는 자리로, 나는 그사이 비가 다시 내리기 시작했음을 알아차렸다. 엄마는 살아 있는 건 먹지 않기에 우리는 주의를 기울여 주문을 했다. 그나마 알아볼 수 있는 문자 위주로 메뉴를 읽었지만 그보다는 아예 모르겠거나 잊은 글자를 엄마에게 해독해달라고 부탁해야 하는 일이 더 빈번했고, 그렇게 둘이 같이 적당한 음식을 찾았다. 엄마는 이렇게라도 드디어 거들 수 있다는 사실에 안도하는 눈치였다.

엄마가 창밖을 보더니 또 비가 온다고 말했다. 그 말을 듣고 창으로 눈을 돌리며 그제야 본 듯이 그러네, 라고 대답했다. 엄마는 10월인데도 춥지 않다고, 여기는 기후가 좀더 온화한 것 같아 가벼운 겉옷 하나로 충분하다고 했다. 내일도 비가 오느냐고 엄마가 물었고 나는 잘 모르겠다고 대답했지만 이윽고 휴대폰을 꺼내 확인하고는 내일은 맑을 것 같다고, 하지만 호텔로 돌아가 다시 확인하긴 해야 할 거라고 말했다. 엄마는 바로 전주에 몸이 영 이상해서 여행 중에 아플까봐 걱정했는데 쉬고 밥도 잘 챙겨 먹어서 이제는 괜찮다고, 그렇게 피로하지도 않다고 말했다. 나는 오늘 하루가 어땠는지 물었고, 엄마는 참 좋았다고 대답했다. 그러더니 가방에서 자그마한 책을 꺼냈다. 집 근처의 가게에서 구한 책인데 태어난 날에 근거해 사람의 성향을 설명해준다고 말하며 내가 태어난 달로 책장을 넘겨 글을 읽어주었다.

이 날 태어난 사람들은 젊을 때 이상주의적인 성향을 보인다고 엄마는 말했다. 이들이 진정 자유로워지려면 자기가 품은 꿈의 실현 불가능성을 깨닫고 그 과정에서 겸허해질 필요가 있으며 그래야만 행복해질 수 있다. 이들은 평화와 질서와 아름다움을 좋아하지만 자칫하면 평생 머릿속에 갇혀 살 수 있다고 했다.

엄마는 엄마 본인의 생일을 찾아 읽고 이어 언니의 성향을 읽었다. 언니는 충직하고 열심히 일하는 노력가지만 또한 성을 잘 내고 원한을 아주 오래 품는다고 했다. 다음으로 엄마는 누가 누구와 잘 맞는지 요약한 장을, 두 딸의 성향이 서로 어떻게 어울리는지 먼저 비교해 읽은 뒤 각각이 엄마와 어떻게 어우러지는지 읽었다.

나는 그 내용 중에 맞는 것도 있고 그렇지 않은 것도 있다고, 하지만 무엇보다도 이런 글의 진실은 누군가가 다른 누군가를 입에 올리고, 회자하는 상대의 성향을 이러저러한 뚜렷한 특성의 가닥으로 풀어내며 상대의 행동이나 행동의 이유에 대해 말을 얹을 수 있게 허용하는 데 있다고 생각했다. 그 결과 상대 혹은 우리 자신을 읽을 수 있다고 여기게 되고, 이를 심오한 발견으로 경험한다고. 그런데 누군가가 어느 날 어떤 행동을 할지 예측하는 게 가능하기나 한가? 갖은 것을 품은 넋의 비밀한 공간에서 그가 어떤 행동을 할지를? 이에 대해 더 이야기하고 싶었다. 생각의 꼬리를 계속 좇으며 나 스스로라도 어떤 명확함을 손에 쥐기 위해. 하지만 엄마 입장에서는 언니가 다른 사람들과 함께 있을 때 너그럽고 가장 행복하며 내게 5월은 돈에 유의해야 할 때라는 종류의 말을 믿을 필요가 있고 본인도 믿고 싶어한다는 것 또한 알기에 아무 말도 하지 않았다.

주문한 음식이 두 개의 쟁반에 담겨 나왔다. 흰쌀밥을 담은 우묵한 사발을 중앙에 두고 종발과 종지에 담긴 각종 채소와 고명이 좌우로 놓여, 다양한 맛과 질감을 원하는 대로 고를 수 있었다. 엄마는 하나씩 맛보며 짧게 평가를 했고, 우리가 힘을 합친 결과에 만족하는 눈치였다. 엇갈리지 않게 가지런히 쥔 젓가락으로 그릇을 오가는 엄마의 놀림새가 내 눈에는 늘 우아해 보였다. 나는 젓가락을 잘 잡지도 놀리지도 못해 찌르거나 엑스 자로 움직이기 일쑤였고, 엄마를 따라 하다가 번번이 실패해 음식물만 흘리곤 했다.

식사를 하며 나는 여기 온 김에 가보고 싶은 곳이 없는지, 관심 가는 정원이나 절이나 신사 또는 다른 지형지물이 있느냐고 물었다. 엄마는 손으로 허공을 저으며 어디든 상관없다고 말했다. 오기 전에 여행 책자를 하나 봤는데 결국 사지 않았다고 했다. 그런데 그 책 표지에 붉은 기둥 문이 여러 개 늘어선 사진이 있었다고 했다. 나는 그건 교토에 있다고, 우리 마지막 여행지가 교토니까 관심이 가면 보러 갈 수 있다고 말했다.

먼저 식사를 마친 나는 사발 위에 젓가락을 내려놓

고 기다렸다. 창밖의 선로는 어둡고 고요했고 강처럼 거리를 갈라놓고 있었다. 자전거를 타고 퇴근하는 사람들이 한 손에 맑은 우산을 쥐고 다른 손으로 핸들을 조정하며 지나갔다. 이따금씩 거리 맞은편 편의점에 들르는 사람도 있었는데, 환히 밝힌 편의점 통창 뒤로 이제 슬슬 분간할 수 있게 된 여러 브랜드의 색색 가지 포장이 잔뜩 쌓여 있었다. 나는 이 장면이 어딘가 막연하게 친숙하고 특히 식당의 음식 냄새와 어우러져 더 익숙하게 다가온다고 생각했는데, 다만 머릿속에 떠오른 게 내 어린 시절이 아닌 엄마의 어린 시절이고 게다가 전혀 다른 나라라는 점에서 기묘한 데가 있었다. 그럼에도 아열대의 체감과 모락모락 솟는 김과 차※와 비에서 풍기는 냄새가 낯익었다. 엄마의 사진 앨범과 어릴 때 엄마와 같이 보던 텔레비전 드라마처럼. 엄마가 사주던 사탕, 아마 한때는 할머니가 엄마에게 사주었을 사탕처럼. 이리도 익숙한데 또한 이리도 나뉘어져 있다는 게 이상했다. 내가 속하지 않은 곳에서 어떻게 내 집 같은 편안함을 느낄 수 있는 건지 궁금했다.

엄마가 그릇을 밀어내며 미안하지만 다 못 먹겠다

고 말했다. 나는 괜찮다고 말하며 배가 고프지도 않은데 엄마가 남긴 밥을 내 그릇에 옮겨 담았다. 두 사기그릇 바닥에 유약이 고여 마른, 작고 둥근 흔적이 있었다. 얼핏 보면 액체 같아 푸른 연못처럼 보이기도 했는데, 그릇을 기울여도 움직이지 않았다.

　내가 고른 호텔은 도쿄에서도 유난히 분주한 지역에 위치한 호텔로 한쪽으로는 전철역을 면하고 다른 쪽으로는 유명한 공원이 내다보였다. 예약을 할 때는 편의성뿐 아니라 편안함, 심지어 호화로움을 생각했다. 이제는 내 선택에 의구심이 들었다. 왠지 모르게 임시적인 느낌이 든다는 점에서 여느 호텔과 매한가지고, 세계 어느 호텔에서나 볼 수 있는 육중한 가구로 채워져 있었다. 어떻게도 위화감이나 위협감을 주지 않아야 하기에 이런 식으로 편안함을 제공하려는 의도였다. 복도가 하나같이 판박이라 객실로 가는 길에 자꾸 방향을 잃고 헤맸다. 엄마가 샤워를 할 동안 나는 트윈 침대에 앉아 언니에게 전화를 걸었다. 객실 한끝으로 너르고 싸늘한 창턱이 붙은 큰 창이 나 있고 그 위로 실크 암막 커튼과, 아른거리는 바깥 풍경을 부분적으로나마 내다보고 싶은 경우를 배려한 보다 얇은 면사 속커튼이 달려 있었다. 통화를 하며 나는 커튼을 모두 열고 마천루 꼭대기에서 반짝이는 붉은 표시등과 도쿄타워가 아닐까 짐작되는 높은 구조물을 내다보았다.

전화를 받은 언니와 인사를 나누고 안부를 물었다. 언니는 딸아이가 사흘 내리 같은 원피스를 입고 있다고 말했다. 목욕할 때를 제외하고는 벗을 생각을 안 하고 씻고 나서는 다시 원피스를 입고 잔다고 했다. 엄마가 일본 여행을 떠나오기 전 어느 아침에 같이 백화점에 갔고, 언니가 이런저런 볼일을 볼 동안 엄마가 아이들을 봐주었다고 했다. 그날 백화점에서 딸아이가 그 원피스를 사겠다고 고집을 부렸는데, 엄마가 선뜻 사주려 하지 않자 처음으로 공공장소에서 울며불며 난리를 피웠다는 것이었다. 엄마는 당황해서 두 손 들고 돈을 지불했다. 아주 밉고 비싼 원피스라고 언니는 말했고 그런데도 딸이 그 옷에서 뭔가를 보았다고, 아직 말로 표현할 나이는 못 되지만 자기 내면의 깊은 감정과 연결되는 무언가를 본 거라고 했다. 기장이 너무 짧기도 해 언니가 자투리 레이스로

단을 덧대야 했다고, 그래봤자 순식간에 다시 짧아질 게 뻔하다고 말했다. 지금 두 아이는 정원에서 놀고 있고 엷은 밀 색깔 원피스는 하루하루 더러워지고 있다고 했다.

언니도 어릴 때 걸핏하면 격하게 화를 냈다. 내가 이 얘기를 하자 언니는 그래 기억한다고, 하지만 자기 딸이 그러는 걸 보기 전까지는 거의 잊고 살았다고 말했다. 언니가 어느 날 벽돌로 된 우리집 벽에 유리 막대를 던져 깨뜨렸던 일이 생각났다. 반짝이와 물이 들어 있어 막대를 이리저리 기울일 때마다 내용물이 한끝에서 다른 끝으로 마법처럼 흘러내렸다. 언니와 내가 그렇게도 애지중지한 물건이었는데 이제는 둘 중 누구도 언니가 그걸 왜 깼는지 기억하지 못했고 일이 벌어진 뒤의 참혹한 기분만 생생했다. 그날 어디서 그런 부아가 치밀었던 건지 기억나느냐고 묻자 언니는 아니, 잘 모르겠다고 했다. 해가 지날수록 분노심도 엷어졌다고, 그래서 이제는 희한하게도 침착하고 담담한 사람으로 평판이 나 있고 직장에서는 능란한 일처리로 자주 칭찬을 받는다고 했다. 그러다 딸의 행동을 보니 언젠가 꿨던 꿈의 세세한 내

32

용이 되살아나는 기분이었고, 언니에게도 인생의 어느 시점에 울고불고 소리지를 만한 일이 있었던 건지 모르겠다고, 주위 사람들이 끝도 없이 부인하고 드는 깊은 진실이나 심지어 공포가 있었던 건지 모르고, 그래서 점점 화가 누적되었던 걸까 싶었다고 했다. 그런데도 이제 와 그 감정을 끌어오려 들면 끌어올 수가 없고 오직 그 기억만이, 아니 어쩌면 기억에도 못 미치는 훨씬 아련한 것만이 남아 있다고. 결국 언니가 할 수 있는 일이라곤 딸이 며칠이고 같은 옷을 입게 두고, 필요할 때 아랫단을 꿰매 달아주고, 저녁때 따뜻한 음식을 해 먹이고, 부족한 이해심으로 딸을 바라보고, 온갖 불충분한 방법으로 위로해주는 것뿐이라고 했다.

언니는 여행은 어떠냐고 피곤한 목소리로 물었다. 언니가 요즘 마지막 시험을 준비하고 있으며 그로써 전문의가 되는 데 한발 더 가까워진다는 걸 알았지만 거기에 요구되는 지식과 기술이 어떠한 건지 나는 상상하기조차 어려웠다. 나는 잘 모르겠다고 대답했다. 엄마가 여기 온 게 스스로 원해서인지 아니면 그저 나를 생각해 온 건지 가늠하기가 어렵다고 했다.

저녁을 먹으며 엄마는 내게 어떻게 지내느냐고 물었다. 나는 로리와 내가 요즘 아이를 가질지 말지 의논하고 있다고 했다. 엄마는 낳아야지, 아이를 갖는 건 좋은 일이라고 말했다. 그 자리에서는 나도 동의했다. 하지만 정작 하고 싶었던 말은 로리와 내가 저녁 요리를 하면서도 장을 보러 가면서도 커피를 준비하면서도 수시로 그 이야기를 하고 있다는 말이었다. 같은 화제를 다방면으로 반복해 논하며 서로가 세세하고 실감나는 요소를 추가하거나, 끝나지 않는 추측을 하는 물리학자들처럼 수백 가지 가능한 경우들을 되짚었다. 우리 둘이 지칠 대로 지치고 잠도 부족한 상태가 되면 서로 얼마나 상처를 줄지. 돈 문제는 어떻게 해결할지. 다른 존재를 전적으로 돌보는 가운데 우리 스스로의 충족감은 어떻게 유지할 건지. 친구들에게도 의견을 물었고, 모두 솔직하고 정직하게 답해주었다. 몇몇 친구는 헤쳐 나갈 수 있고 아이들이 나이가 들수록 길을 찾는 게 가능해진다고 말했다. 다른 친구들은 우리 관계의 허점이 모두 적나라하게 드러날 거라고 말했다. 또 일부는 아이를 갖는 건 엄청난 희열을 주는 경험일 수 있다고, 다만 그에 기꺼이

항복해야 한다고 했다. 하지만 따지고 보면 이런 사려 깊은 조언과 이야기도 결국 아무 의미가 없다고 봐야 했고—한 삶과 다른 삶을 비교하는 건 최종적으로 불가능하기에—그래서 우리는 어김없이 도로 시작점으로 되돌아오고 말았다. 엄마도 이런 것들을 고민한 적이 있는지, 그런 고민을 할 만한 여유를 누렸는지 궁금했다. 나는 딱히 아이를 갖고 싶다고 생각한 적이 없었는데, 어쩐지 이제 와 그 안에 깃든 정겹고 공교한, 한 편의 시와 같은 가능성을 느끼고 있었다. 동시에 과연 어느 쪽이든 무방한 건지, 알지 못하고 확신하지 못해도 되는 건지 자문하는 중이었다. 어떤 의미에서는 인생이 나를 살도록 둘 수 있지 않을지, 어쩌면 그야말로 내내 자리해 있던 더 심오한 진실이 아닌지, 그러니까 세상의 어느 것도 어느 누구도 우리 뜻대로 할 수 없는 거라는 생각이 들었지만, 사실 이조차 알 수 없었다.

엄마가 언니 아이들에게 줄 선물을 사고 싶다고 해서 다음날 우리는 큰 백화점을 찾았고, 엄마는 진열대와 선반을 한동안 꼼꼼히 살폈다. 어린이 매장에서 엄마는 회색과 파란색 셔츠, 크고 작은 배낭을 두고 고민했다. 그리고 내가 거울이라도 되는 듯 날 향해 하나씩 들어 보이며 어떠냐고 물었다. 나는 파란색 셔츠와 큰 배낭이 좋다고 대답했지만, 언니 아이들이 뭘 좋아할지 예상하는 건 사실상 불가능하며 아이들의 선호란 우리로서는 알 길이 없는 별개의 법칙이라도 따르듯 수시로 바뀌며 예측을 비껴감을 알고 있었다. 없이는 못 살 것처럼 애지중지하던 물건이 일주일 만에 내버려지는 게 다반사고, 내동댕이쳤던 것이 돌연 다시 가장 아끼는 물건이 되기도 했다. 계산대 직원이 엄마가 고른 선물을 사탕 색의 얇은 박엽지와 종이 상자에 담아 가늘고 섬세한 리본으로 근사하게 포장해주었다. 엄마가 흡족해하는 걸 알 수 있었는데, 동시에 두 조카가 겹겹이 두른 포장을 차분히 풀 정도의 참을성을 보일 리는 희박하니 받자마자 북북 뜯어버릴 거라고 짐작할 수 있었다.

간밤에 우리는 철길의 굽이를 따라 이어지는 작은 골목들을 지나 역으로 돌아갔다. 길은 어둡고 밤은 하목층처럼 빽빽했지만 아직 문을 연 몇몇 가게가 계곡 외딴집에서 비치는 먼빛처럼 드문드문 불을 밝히

고 있었다. 자전거가 밖에 세워져 있고, 나무 차양에
붉은 종이 등이 하나둘 달린 곳도 있었다. 나는 엄마
에게 이리로 가다보면 괜찮은 서점이 하나 나오는데
늦게까지 하는 걸로 알고 있어 잠깐 들렀으면 한다
고 말했다. 예전에 로리와 갔던 곳이었다. 그의 아버
지는 조각가였고 나는 주로 로리를 통해 예술을 알게
됐다고 할 수 있는데, 물론 그에 비하면 여전히 잘 아
는 축은 아니었다. 서점에 처음 방문했을 때 우리는
영어와 일본어로 된 아름다운 중고 예술서가 서가에
즐비한 걸 보고 놀랐다.

　건물을 알아보고 문을 밀어 열자 작은 종이 딸랑
거렸다. 가게 안은 도서관만큼이나 차분하고 고요했
다. 피아노 음악이 흘러나오고 있었고, 얼마 후 낯익
은 마디가 들렸다. 학생 시절에 음대 건물 앞을 저녁
때 오가다 들었던 곡이었다. 당시만 해도 유난히 고
독하고 다소 추상적인 기분에 빠져 있던 시기여서 음
악 한두 소절이 특별히 더 아름답게 다가왔던 기억
이 났다. 매대 위에 놓인 뿌연 유리 볼 조명에서 양초
를 연상케 하는 불빛이 흘러나왔다. 나는 서가 사이
를 거닐며 책 제목을 살폈다. 화가들에 관한 책만 모

아둔 서점 안쪽 서가에서 풍경화에 관한 큼직한 양장본을 발견했다. 학생 때 본 풍경화 연작을 다룬 장이 있었다. 당시만 해도 나는 그 그림들이 잘은 몰라도 수채화 물감이나 분필로 한 스케치일 거라고 생각했다. 산과 해변, 도로와 절벽과 호수의 막연한 인상만 전하고 있고, 기억이나 꿈에서 길어 온 듯 모든 게 형체 없는 혼령 같은 느낌을 풍겼기 때문이다. 화가가 손가락만 써서 종이에 문질러 그렸거나 그림을 완성하고 곧이어 물에 빠뜨려 물감과 잉크가 아득하게 뭉개진 자국만 남은 듯이. 시간이 한참 지나서야 그 화가가 실은 목욕하는 여자며 무용수를 담은 그림으로 더 널리 알려졌음을 배웠다. 내가 본 풍경화 연작이 유화임은 물론 오일 물감과 플레이트와 종이를 이용한 일종의 판화 기법으로 제작됐으며 개중에 파스텔로 마무리한 경우도 있다는 사실과, 이렇게 2차, 3차로 찍어내는 과정이 연작을 아우르는 망각의 기운과 달리는 기차 밖으로 스치듯이 본 장면을 호출한 것만 같은 희박한 느낌을 빚어냈음도. 나는 엄마를 불렀다. 그 그림들을 보여주고 제작 방식을 설명해 엄마는 나와 같은 실수를 비껴갈 수 있기를 바랐다. 그 책이외의 다른 책들도 눈에 띄어서 내가 늘 감탄하며 보게 되고 엄마도 좋아하겠다 싶은, 삶과 탄생, 희망과 절망의 본질을 포착하고자 한 소조와 조각 작품을 몇 개 보여주었다. 작품마다 그 맥락과 의도, 제작 환경에 대해서도 조금씩 부연해가며. 그러고는 서점에서 내가 사줬으면 하는 게 있는지 물었다. 엄마는 그럴 필요 없다고, 뭘 골라야 할지도 모른다고 말했다. 나는 뭐든 상관없다고, 그저 뭐든 가장 끌리는 걸 고르면 그만이라고 했지만, 엄마는 책을 집어 드는 것조차 주저되는지 손끝으로 아마도 임의로 고른 듯한 책을 가리켜 보이더니 저거, 하고 질문을 하듯 말끝을 올렸다. 결국 내가 영국 작가가 쓴 얇은 예술사 책을 대신 골랐다. 계산대 뒤에 선 여자는 내 또래로 보였는데, 계산을 하며 내가 고른 책에 대해 그리고 나에 대해 몇 가지 질문을 했다. 나는 우리가 어디서 왔는지 말하고 엄마와 함께 일본 여행 중이라고 설명했다. 내가 고른 화가에 대해 몇 마디 더 나눈 후, 그는 자기가 런던에서 공부를 했으며 유학하는 동안 모로코와 부탄을 여행했다고 덧붙였다. 그러고는 여행 잘하라는 말과 함께 붉은 끈으로 묶은 종이봉투를 내밀었고, 나는 책이 든 봉투를 받아 엄마에게 건넸다.

 백화점에서 나온 우리는 전철을 타고 도쿄의 번화가에 있는 54층 고층 타워 건물의 53층에 위치한 미술관으로 향했다. 넓게 펼쳐진 언덕 위에 들어선 건물로, 빛을 반사하는 청록색 외관이 사무라이 갑옷을 본떴다는 일설이 있었다. 건물 꼭대기에서 도쿄 시내를 조망할 수 있었다. 철골과 유리 벽 너머로 도시가 부챗살처럼 펼쳐졌다. 나지막한 모양이 일견 달을 닮은 듯했고, 연보라색 조명 아래서 보면 백악을 닮은 듯했다. 미술관에 들어간 뒤에는 짤막한 대기 줄로 안내를 받았고 신발을 벗고 기다리라는 지시가 따랐다. 이십 분마다 열 명에서 열두 명 단위의 관람객을 어둡고 조용한 전시실로 진입하도록 하고 있었다. 안내원이 클립보드를 들고 다가와 전시실 도면을 간략히 그린 그림을 보여주며 안에 들어가면 빛 하나 없이 어두울 테니 벽을 더듬으며 나아가라고 설명했다. 그러다 장의자가 나오거든 거기 앉으라고 알렸다. 우리 차례가 왔고, 우리는 안내원이 이른 대로 했다. 눈 앞이 캄캄해 아무것도 안 보이고 윤곽조차 파악되지 않았다. 주변을 가득 메우는 칠흑이 어쩐지 우리 모두를 침묵하게 만들었는데, 그 침묵에는 기대감과 동시에 견디기 힘든 어떤 느낌이 얼마간 작용하고 있었다. 나는 지금쯤 병동에서 일을 하고 있을 언니를 떠올렸다. 내 옆에 앉은 프랑스인 관광객 두 명이 참다 못해 웃음을 터뜨렸다. 그때 저만치 떨어진 곳에서 작고 네모난 주황색 빛이 비쳤다. 새벽빛처럼 아렴풋하고, 새벽처럼 서서히 모습을 드러낼 터였다. 빛이 차츰 번지며 밝아지고는 있었지만 워낙 느리게 이루어지는 통에 변화를 감지하기가 사실상 불가능했다. 그럼에도 전시실 안에서 유일하게 보이는 빛이다보니 모두 시선을 집중할 수밖에 없었다. 한참이 지나, 이제 일어나 빛을 향해 다가가라는 안내가 있었다. 나는 느리게 앞으로 나아갔다. 눈이 여전히 적응하는 중이어서 그랬는지 방 안이 이제 빛줄기 하나 통과하지 않는 깊은 밤 속처럼 다가오면서 문득 눈앞의 빛을 곧이곧대로 믿기가 어려워졌다. 바닥이 내 얼굴 높이에 있는 것만 같았다. 더 가까이 다가가보고야 예상했던 것과 달리 빛이 화면에서 나오는 게 아니라 미처 보지 못했던, 반듯한 네모 모양으로 움푹 팬 벽면의 한 부분에서 나오고 있음을 깨달았다.

미술관 카페에서 2인용 창가 자리를 찾은 뒤, 전시에서 영감을 받아 만든 '이미지 케이크' 두 조각과 녹차 두 잔을 주문했다. 케이크를 먹으며 엄마에게 방금 본 작품에 대한 소감을 물었는데, 그러자 엄마 얼굴에 납득하지 못한 질문에 대답하라는 요청을 받고 질겁한 표정이 잠시 스쳤다. 나는 괜찮다고, 무슨 생각이건 솔직하게 털어놓으면 된다고 말했다. 그리고 아직 기운이 남았다면 같이 가봤으면 하는 미술관이 또 있다고, 한참은 아니고 몇 정거장만 더 가면 된다고 했다. 사실 이 미술관은 그보다 멀었다. 엄마는 피곤한 기색이 역력했다. 걱정 말라고, 오늘은 충분히 봤으니 이만 호텔에 돌아가 쉬자고 하면 그만일 일이었다. 그런데 무슨 이유에선지 나는 제안을 돌이키는 대신 공기 중에 떠 있게 둔 채로 살갑고도 단호한 압박을 가했다. 잠시 후 엄마가 고개를 끄덕였고, 나도 고개를 끄덕이고 그릇을 정리했다.

그곳에서 열린 전시는 모네와 몇몇 다른 인상파 화가들 작품을 모은 전시였다. 건물은 비좁고 조명은 형편없었고, 장식이 과한 액자를 두른 작품이 많았다. 그럼에도 작품 하나하나가 저만의 세계를 오롯이 담고 있었다. 도시와 항구, 아침과 저녁, 나무와 산책길과 정원, 수시로 변하는 빛. 각기 있는 그대로의 세상이 아니라 기미와 꿈으로서 가능 세계를 담은 작품이기에, 늘 현실보다 낫고 따라서 무한한 매혹으로 흥미를 자극하기 마련인 그 성격이 반영돼 있었다. 전시의 주요 작품이기도 한 그림 앞에 엄마와 나란히 서서 실은 나도 알 것 같다고 말했다.

앞서 엄마가 내가 읽고 있는 책에 대해 물어 그리스 신화를 현대적으로 다시 쓴 글이라고 설명한 순간이 있었다. 내가 이런 이야기를 오래전부터 좋아했으며 그 부분적인 이유는 신화란 삶의 거의 모든 측면, 즉 사랑, 죽음, 아름다움, 애도, 운명, 전쟁, 폭력, 가족, 맹세, 장례 등을 빗대어 이야기할 수 있을 만큼 영속적인 은유의 성질을 띠기 때문이라고 했다. 화가들이 한때 카메라 오브스쿠라를 사용해 그림을 그리던 것과 비슷하다고, 때로 화가들은 주목하고자 하는 대상을 이같이 간접적인 방식으로 바라봄으로써 맨눈으로 보는 것보다 훨씬 명확하게 파악할 수 있었다고 말했다. 학위를 위해 일 년간 이와 관련한 여러 텍스트를 공부했다고도 이야기했다. 가장 초기에 들었던 한 수업에서는 책상을 한쪽으로 다 밀고 의자로 반원 모양을 만들고 둘러앉아 트로이전쟁에 대한 강의를 들었다. 우리가 다닌 가톨릭 학교의 엄격함에 비하면—엄마가 우리를 보내려 그리 애썼던 그 학교에선 셔츠 단추 하나 푸는 것도, 머리 기장이 턱보다짧은 것도 허락되지 않았던 만큼—이런 작은 일마저 혁명으로 다가왔다고 했다. 학기 내내 강사는 그리스인들에 대해 말하며 그들이 남긴 최고의 희곡 작품 중 몇몇은 저희 사회가 노예 소유 사회이며 또한 여자들의 말문을 막는 사회임을 두고 느낀 양심의 가책을 실제로 언급하고 있고, 무엇보다도 트로이에서 저지른 일에 대한 죄책감을 언급하고 있다고 설명했다. 그런 점을 깊게 뉘우치다 못해 역사 속으로 사라질 수도 있었을 트로이전쟁이라는 사건을 소재로 삼았고 그렇게 그 사회가 낳은 작품 중에서도 두고두고 영속할 여러 비극적인 예술 작품을 빚어냈다고. 강사는 그 당시 그리스인들의 문학과 통치 방식의 상당 부분이, 어쩌면 우리 시대와 비슷하게도 환대라는 성스러운 법칙에 근거했다고 설명했다. 트로이 사람들이 헬레네를 데려감으로써 이 법칙을 먼저 어겼고, 이어 그리스인들이 목마로 둔갑한 치명적인 선물에 더해 지금까지 전해지는 이야기들에 담긴 여러 다른 위반과 침해로 그에 대응했다. 강사는 이런 감정은 오늘날 우리 안에도 생생히 살아 있다고 했다. 이어 자신의 어린 시절을 언급하며 자기 모친은 친구뿐 아니라 식구 하나하나 사이에서 누가 무얼 주고받았는지를 말없이 다 헤아려두었다고 말했다. 강사는 다른 집을 방문할 때마다 어머니가 잊지 않고 챙겨 가던 완벽한 선물을 기억하며 그런 격식을 자기가 사춘기 시절 얼마나 지긋지긋해했는지, 어머니는 답례로 받은 선물에 대해서도 꼭 한마디해야 했고 보이지 않는 저울에 올리고 정의의 여신이라도 되는 양 평가를 붙였다고 말했다. 강사가 어린 시절을 보낸 집은 아주 컸고 손님과 친척이 수시로 지내러 왔는데, 누가 집에 오기만 하면 이런 계산이 따랐지만 동시에 대놓고 그런 언급을 하는 사람은 아무도 없었다고, 그리고 성인이 되고 나서는 자기도 모전여전으로 내면화한 이런 계산하는 버릇을 퇴치하려 부단히 노력해야 했다고 말했다.

그해 나는 이 강사가 하는 말 하나하나에, 그 수업에서 언급된 책과 희곡 작품에 허기져 지냈다. 인물들이 거창한 비유적 독백을 빌려 저희가 느끼는 원통함과 애도를 일상적인 발화에서는 불가능한 정밀함으로 토로하는 것에 매혹됐다. 수업에서 다룬 여러 작품을 이미 읽었을뿐더러 관련 이론과 해석에도 훤한 학생이 상당수임을 깨닫고 충격을 받기도 했다. 그애들 입장에서는 강사가 새로운 통찰을 주는 게 아니라 오래전에 관문한 생각을 반복하고 있을 따름이었다. 그애들에게 익숙한 앎의 범주는 그보다 광범위했다. 각종 영화와 책과 희곡과 친숙했고, 이런저런 예술가들 이름을 대화 중에 능숙하게 언급하는 방식이 시사하는 바가 있었다. 수업 중에 안티고네와 연관 지어 어느 영화 작품을 언급하던 한 학생. 제목을 알아듣는 사람이 또 있는지 강의실을 둘러보던 그애의 시선과 거리낌없이 자연스러운 태도. 그애와 눈이 마주치자마자 황급히 고개를 숙이던 나. 어떻게 저 많은 사람과 저 많은 작품을 다 꿰고 있는 건지, 학기가 시작한 지 몇 주나 됐다고 그사이 저리도 많은 책과 영화를 본 건지 의문이었다. 그애는 노력 없이도 많은 걸 알고 있는 듯했고, 나로서는 아직 요원한 어떤 완성도에 이르렀달까, 내게는 없는 또렷한 윤곽을 지닌 듯했다.

강사가 언젠가 지식을 묘약에 빗댄 적이 있는데 나역시 그렇게 믿는다고 엄마에게 말했다. 가톨릭 학교에서 나도 언니도 정말 열심히 공부에 매진했다. 나는 모르는 게 있으면 닥치는 대로 읽고 또 읽었고 수수께끼로 다가오는 게 없을 때까지 계속 읽었다. 그런 면에서 마라톤을 뛰는 선수처럼 오로지 의지와 끈기로 다져져 있었다. 학교에서 나는 이를 무한히 반복했고, 실제로 이 방식이 통했다. 학교를 다니는 동안만큼은 모든 걸 이해하고 모든 과목에서 최고 점수를 받았다. 그 강의에도 나는 늘 해왔던 대로 대처했다. 희곡 작품을 모두 찾아 읽었고 이어 그 작품을 다룬 책을 줄줄이 찾아 읽었으며 그 책에 대한 다른 책까지 찾아 전부 섭렵했다. 영화를 찾아보고 예술가와 감독과 시인에 대해 읽었다. 그럴 때마다 빛의 속도로 여행을 하는 기분이었다. 평생 한 차원에서 살아왔는데 그 차원의 직물 자체가 문득 부욱 찢어지며 전혀 다르고 전혀 별개인 우주가 드러난 것만 같앞다. 텍스트 하나를 끝낼 때마다 이제 됐다, 끝에 다다랐다 싶었지만 그다음에도 같은 일이 되풀이되어 어느새 내 사고의 원단이 터지고 사방으로 공기가 불어닥치고 모든 감각이 압도되는 가운데 막대하고 낯선 공간으로 또다시 낙하하는 경험을 반복하고 있었다. 앎이란 정말 영약이고 또 중독성 강한 약물이구나 싶었다. 그럼에도 기어이 손에 닿지 않는 것이 있었다. 그해가 끝날 무렵에는 나도 수업에서 다룬 여러 텍스트에 관한 글을 적잖이 썼고 다른 학생들 못잖게 그에 대해 속속들이 잘 알았다. 나도 이런저런 작품을 대화 중에 언급하게 되었고 나도 자신감을 가질 수 있었으며 생각이 빠릿빠릿하고 충만해졌다고 느꼈다. 그런데도 여전히 뭔가 놓치는 기분이었고 내가 이해하지 못하는 근본적인 무엇인가가 있다는 기분을 지울 수 없었다.

그해 말에, 강사가 동료들 몇몇과 학생들을 불러 집에서 파티를 할 거라고 알렸다. 자기 아이들도 집에 있을 거라면서 수업을 듣는 우리 모두 초대한다고 했다. 그즈음 강사에게 완전히 홀린 나는 그가 하는 말과 그가 지닌 지식과 그의 일거수일투족에 몰두했다. 그는 학업과 사생활 사이에 경계를 긋지 않는 듯했고 수업 중간중간 가톨릭 학교에서 교육을 받은 내게는 충격적인 동시에 솔깃한 이야기를 해주었다. 하루는 지난 주말에 자기 아버지 집이 태풍의 여파로 물에 잠겼다고 공언했다. 모든 걸 잃었다고 했다. 어떻게든 구할 게 있나 싶어 함께 책과 가보, 사진 앨범 같은 걸 찾아 물을 가르며 잔해를 살폈다고 했다. 아버지와 아버지 반려자를 난민을 맞아들이듯 집에 들였고 친구들에게서 옷가지와 침구를 얻었다고 했다. 강사의 얼굴에 상실이 드러나 있었다. 그는 아버지의 설움이기도 할 자신의 설움을 숨기려 들지 않았고 나로서는 이 점이, 그러니까 어떻게든 그런 감정을 감추려 들거나 우리 가족이라면 부끄럽게 여겼을 소동을 부끄러워하지 않고 원통함과 슬픔으로 오롯이 누리는 것이, 갓 잡은 큰 짐승의 가죽처럼 몸에 두른 그 태도가 몹시 놀라웠다. 나는 강사에게 잘 보이고 인정받고 싶은 마음이 간절했다. 정말 열심히 공부했고 과제 글을 쓸 때는 점수를 잘 받겠다는 생각에서 나아가 강사를 염두에 두며 어느 때보다 깊이와 다층적인 음영을 더하려 노력했다. 그런 한편 이런 성실함이 과한 건 아닐지, 좋은 인상을 남기는 대신 되레 이렇게 애쓰는 나를 강사가 싫어하게 되는 건 아닐지 걱정도 돼, 열심히 애쓰는 동시에 겉으로는 내게 제법 어울리는 외관임을 그사이 알아챈 차분하고 절제된 모습을 유지했다.

강사의 파티에 달리 누가 올지 알 수 없었다. 나는 파티에 입고 갈 옷을 찾아 언니를 끌고 동네 가게들을 돌았다. 그즈음에는 나도 이런 자리에 드레스 차림은, 적어도 예전에 내가 파티에 입고 갔을 법한 드레스는 적절치 않다는 사실을 깨달은 뒤였다. 그보다는 캐주얼하면서도 직관적이고, 인상적이면서도 의도하지 않은 듯이 보이는 차림을 골라내는 절묘함이 요구됐다. 결국 나는 청색 진바지와 밝은 빨간색 니트 티셔츠를 골랐다. 머리는 정수리에 느슨하게 틀어 올리고 집 근처 가게에서 와인 한 병을 사 갔다.

강사는 캠퍼스에서 가까운 교외 주택지에 살았다. 집은 예상보다 컸고 아이비로 뒤덮인 높은 콘크리트 담이 주변을 빙 둘렀다. 뒤편으로 낡은 벽돌을 깐 길과 올리브나무 세 그루가 보이는 넓고 아름다운 정원이 있었다. 정원 한가운데 놓인 크고 묵직한 나무 식탁은 그해 내내 우리가 읽고 공부한 희곡 작품 속 만찬과 연회 장면처럼 먹고 마실 거리가 가득 차려져 있었다. 불그스름하니 아름다운 개 한 마리가 물 댄 푸른 잔디 위를 오가며 행복하게 뛰놀았다. 가만히 서서 이 광경을 바라보다가 나를 에워싼 짙은 향기가 과일나무에서 풍기는 냄새이며 내가 종이 등을 주렁주렁 걸어놓은 작은 과수원 한가운데 서 있음을 알아차렸다. 곧 강사를 찾아 와인을 건네자 강사가 내 두 뺨에 입을 맞추었다. 나는 식탁에 놓인 병들을 보며 내가 이런 자리에 맞지 않는 어처구니없이 달고 유치한 와인으로 잘못 골라 왔음을 깨달았다. 그래도 강사는 개의치 않는 눈치였다. 그는 기막히게 아름다운 귀걸이를 하고 있었다. 기다랗고 알록달록한 귀걸이로, 머리 장식물처럼 얼굴을 돋보이게 해주었다. 내가 미처 참지 못하고 그렇게 말하자 강사는 미소를 지으며 나와 수업을 같이 듣는 학생들이 모인 곳을 가리켰다. 나는 낯익은 얼굴에 안도하며 재빨리 그 틈으로 뛰어들었고, 흥분을 못 이기고 이 모든 게 우리가 얘기했던 어느 영화의 어느 장면과 모습도 분위기도 너무 똑같다고 말했다. 당시만 해도 나는 모든 순간이 의미를 지니기를 바랐다. 내 생각이, 나를 둘러싼 대기의 원단이 부욱 찢어지는 실감에 중독된 상태였다. 뭐든 이런 효과로 연결될 듯한 기미를 보이지 않으면 곧 못 견디게 따분해했다. 한참이 지나고야 이런 식으로 매 순간의 날을 세우려 들고 만사에서 의미를 읽어내려 드는 버릇이 얼마나 인내심을 시험하는 일인지 알았다. 그렇다고 수업을 같이 듣던 친구들 중에서 내가 예외인 것도 아니었다. 우리는 하나같이 이런 태도를 보였고, 우리가 나누는 대화란 한순간도 멈추지 않고 계속해서 돌고 돌아야 하는, 유도와도 같은 하나의 운동이었다. 적절한 책과 영화를 화제 삼을 때면 작은 성공을 거두었다고 여겼다. 더 나아가 그런 작품에 대해 남다른 의견이라도 말할 때면 소소한 성취감과 승리감에 젖었다. 우리는 춤추듯이 대화를 나눴고, 의식이 혼미해질 때까지 춤을 췄다. 모든 게 더없이 아름답다고 저녁 내내 생각했고 어쩌면 입 밖에도 냈는지 모르겠다. 이런 세계가 존재하고, 내가 어쩌다 거기 발 들이게 되었다는 게 통 믿기지 않았던 것 같다.

　파티가 끝나갈 즈음 정원을 조금 거닐다가 집 안으

로 향했다. 빈 와인 잔이 식탁에 즐비했고 보랏빛으로 물든 구겨진 종이 냅킨이 바닥 여기저기 보였다. 개는 구석에서 앞발에 머리를 올리고 쉬고 있었다. 과수원 바닥에는 새로이 베어 물었거나 며칠 어쩌면 몇 주 전에 베어 물었을 사과 심이 흩어져 있었다. 집 안에서 들리던 음악은 그사이 끊겼지만 정원에서 잔 잔한 말소리가 아직 들려왔다. 나는 와인 잔을 보이는 대로 집어 바닥에 비웠다. 식당에서 수년간 일한 경험이 있어 큰 테이블을 정리할 줄 알았다. 그릇을 하나씩 쌓고 그 위에 포크와 나이프, 숟가락과 냅킨을 올리고 와인 잔을 뒤집어 줄기를 손가락 사이사이 끼웠다. 부엌에 들어가 음식 찌꺼기를 쓰레기통에 버리고 빈 와인병을 반듯하게 쌓았다. 개수대 가득 뜨거운 물을 채워 세제를 풀고 유리잔과 그릇을 조심스레 씻었다. 물이 곧 어둡고 탁하게 변했다. 산화된 와인의 짙은 향기가 열기에 실려 퍼졌다. 나는 개수대 물을 비웠고 깨끗한 물로 다시 채운 뒤 세제를 풀고 남은 그릇과 잔을 씻었다. 설거지 마지막 단계로 식기 건조대에 그릇을 포개 올렸다. 이어서 깨끗한 행주를 찾아 유리잔이 흔적 없이 맑아질 때까지 문질러 닦고는 조리대 위에 단정하게 줄지어 정리해두었다. 끝으로 개수대와 조리대 주변을 말끔히 닦고 행주를 비틀어 물기를 짰다. 그러곤 가방을 챙겨 집을 나섰다.

다음날 강사가 정리를 도와줘 고맙다고, 하지만 그렇게까지 할 필요는 없었다고 이메일을 보냈다. 여름에 몇 주 집을 비울 예정인데 그때 집과 개를 봐줄 수 있겠느냐고도 물었다. 이런 행운이라니, 그 집을 다시 그것도 나 혼자서 방문하게 되다니 믿을 수 없었다. 약속한 날에 나는 깨끗한 옷 몇 벌을 가방에 챙기고 그 전주에 강사에게 받은 누런 봉투에서 열쇠를 꺼냈다. 이미 와본 길을 걸어 올라가는데 집이 어쩐지 예전에 봤을 때보다 더 커 보였다. 열쇠로 대문을 열고 몸으로 문을 밀치자 담 안쪽의 담쟁이가 흔들거렸다. 저번에 본 개가 껑충거리며 달려오기에 잠시손을 내밀어 냄새를 맡게 하고는 허리를 굽혀 판판하고 사랑스러운 개의 머리를 쓰다듬었다. 귀 뒤쪽 따스하고 보들보들한 곳에 손이 닿자 개는 가벼운 최면에 걸린 듯 눈을 반쯤 감았다. 현관에 가방을 내려놓고 방방을 오가며 구경했다. 대낮에 보고야 집 천장이 얼마나 높은지, 한쪽 창을 통해 빛발이 쏟아져 들어와 벽을 치는 모습이 현대 미술관의 덩그렇게 비워둔 벽감과 얼마나 닮았는지 알 수 있었다. 부엌 조리대에 놓인 넉넉한 과일 그릇은 자두나 사과 또는 포도송이로 채워지기만을 기다리는 듯했다. 벽장에는 요리책이 여럿 있고 파스타 기계, 절구, 굽이진 손잡이가 양끝에 달린 얕지만 바닥은 두툼한 팬 등 나로서는 처음 보는 깔끔하고 현대적인 각종 조리 도구가 보였다. 바닥부터 천장까지 벽면을 꽉 채운 책장이 여럿 있었고 책장마다 책이 꽂혀 있었다. 아직 읽은 적은 없어도 이름만은 들어본 작가도 있었지만 여태 들어보지 못한 작가의 책도 많았다. 그리스 문학에 오롯이 할애된 책장 외에도 프랑스 문학을 별도로 정리한 책장이 있는 걸 보며 강사가 이 책들을 원서로 읽을 만큼 두 언어를 유창히 구사하리라는 사실을 깨달았다. 그 집에서 이 주밖에 지내지 않는 게 아쉬웠다. 그 많은 책들을 하나씩 읽어나가며 몇 달이라도 보낼 수 있겠다 싶었고 그런다면 강사나 같이 수업을 듣는 여자애가 지닌 알 수 없는 자질에 한발 가까워질 수 있으리라는 생각이 들었던 것이다.

이후 며칠간 나는 손님이자 주인으로 지냈다. 강

변길과 공원을 개가 이끄는 대로 산책하며 개가 원껏 냄새를 맡고 마음껏 탐색할 동안 기다렸다. 너른 부엌에서 요리책을 꺼내 책장을 넘기며 시도해보고 싶은 레시피에 표시를 하고 필요한 식재료를 종이에 조심스레 받아 적었다. 그리고 다음날 시간을 봐 장바구니를 끌고 인근 시장으로 향했다. 바닥 깔개와 막대 걸레, 색색 가지 양동이 등을 대량으로 묶어 파는 우리 동네의 저렴한 할인 매장에서 볼 법한 카트에 비해 고급스러운, 그 집에서 찾은 바퀴 달린 장바구니였다. 과학 실험 방법을 상세히 정리한 매뉴얼을 따르듯 요리책에 적힌 조리법을 조심히 따라가며 매일 저녁 새로운 요리에 도전했고, 손에 쥔 묵직한 팬과 젓개의 무게와, 물이 끓으면 수증기를 어찌나 말끔히 흡입하는지 마법이 따로 없다 싶고 워낙 조용해 전원을 안 켰나 착각하게 만드는 배기팬에 쾌감을 느꼈다. 찬장에는 다양한 그릇과 갖가지 포크, 나이프류가 구비돼 있었지만 무슨 이유에선지 나는 매번 같은 그릇과 포크와 나이프를 골랐고, 내 존재감을 최대한 덜어내려는 듯 큰 다이닝 테이블이나 온실형 공간 가까이 놓인 작은 식탁 대신 매번 조리대 끝의 같은 스툴에 앉아 밥을 먹었다. 때때로 와인을 한 잔 따르고 조명을 낮추거나 음반을 틀고 음악이 집 안에 퍼지도록 볼륨을 키울 때도 있었다. 날이 따뜻하면 창문을 열었고, 그런 저녁이면 정원 울타리 근처에 자라는 라일락 향기가 집 안에 깃들며 음악과 내 간단한 일인용 식사와 한데 섞였다.

손님 역할 또한 염두에 둔 나는 옷장 안을 들여다보거나 사적으로 보이는 것은 열어보지 않도록 주의했다. 그러나 두 눈만은 집의 온 표면을 자유롭게 누비도록 두었고, 집 안에는 강사가 여행에서 가져온 여러 물건과 그림이 가득했다. 이런 점에서 그 집은 미술관과도 같았고, 그 모든 걸 차근히 살펴보는 과정에서 나는 물건 하나하나가 아주 주의깊게 고른 것이며 강사에 대해, 혹은 그의 가족과 그들이 내린 선택과 그들이 저희 삶의 목적이라 여기는 것이 무엇인지에 대해 말해주는 바가 있다고, 정확히 설명하라면 설명할 수는 없었지만 느꼈다.

언제든 사람들을 집에 불러도 좋다고 강사가 말했기에 그 집에 머물기로 한 기간이 절반 정도 지났을 때 언니와 몇 명의 수업 친구들을 초대했다. 요리책에 따라 이미 만들어본 요리를 몇 가지 준비하고 정원의 커다란 나무 식탁에 음식을 차렸다. 날이 워낙 좋고 과수원이 평화로워서, 더욱이 우리 모두 젊고 술을 마시며 웃고 떠들던 터라, 또 내가 델프트 도기의 청색이 연상되는 코발트 빛깔 스카프로 머리를 묶어서였을까, 점심 식사 중에 문득 우리 모습을 영화의 정지 장면이나 사진을 통해 보는 듯한 기분이 들었고, 그와 함께 깊은 충만감과 모든 게 바르고 마땅하다는 느낌이 쌍을 이루어 찾아왔다. 그에 앞서 흰 배경에 파란 무늬가 있는 자그마한 사발을 부엌에서 여러 개 발견했다. 가장자리에 장식 띠가 있고 측면에는 희맑은 쌀알을 닮은 그림이 꽃무늬를 이룬 그릇이었다. 그 그릇에 엄마의 레시피를 따라 만든 달고 짭짤한 광둥식 디저트를 담아 식탁에 냈는데, 그 집에 머물며 엄마 레시피로 만든 요리는 그게 유일했다.

그곳에서의 생활은 넉넉하고 포근했고 하루하루 지날수록 집이 점차 편해졌다. 마지막날 밤에는 커다란 욕조 가득 살을 델 정도로 뜨거운 물을 채우고 호박색 기름을 몇 방울 떨어뜨렸다. 개가 욕실 바닥에 누워 쉴 동안 욕조에 몸을 담갔고, 물이 식으면 발로

온수 꼭지를 틀어 수온이 오를 때까지 물을 보충했다. 이렇게 두 시간 가까이 반복하며 수위가 욕조 가장자리까지 차올라 물이 넘쳐흐를 지경이 되어서야 마지못해 마개를 당기고 욕조에서 나왔다.

이후 강사에게 집에서 머물게 해줘 고맙고 모든 게 쾌적하고 수월했다고 이메일을 썼다. 다만 쾌적한 가운데도 계속해서 나를 비껴가는 무엇인가가 있었다는 점, 집에 머무는 동안에도 그리고 그 이후로도 떨칠 수 없었던 느낌에 대해서는 언급하지 않았다. 집으로 돌아온 뒤 얼마간은 혼란을 경험했다. 물론 평소의 규칙적인 일상으로 돌아가기는 했다. 여름 학기를 듣고 책을 더 읽고 과제 글을 더 쓰고 한 줌의 학생과 강사밖에 남지 않은 휑한 교정을 배회했다. 짧은 여름휴가 후에 식당이 영업을 재개하자마자 다시 서빙 일을 했고, 이른 저녁에 집을 나섰다가 자정이 넘은 밤늦은 시간에 돌아와 식당 주방에서 받아 온 남은 음식과 맨밥으로 저녁을 먹었다. 가끔 언니나 엄마와 같이 장을 보고 내 평생 만들어온 요리를 같이 만들기도 했다. 밥을 먹으면서 우리는 강사 집에 놀러왔던 내 친구들처럼 고대 그리스인이니 언어와 영화에 대해 논하는 대신 그날 우리가 준비한 요리와 음식에 대해, 식재료의 신선도와 가격의 저렴한 정도에 대해 이야기를 나눴다. 강사 집에서 내가 실험 삼아 해본 것들에 대해서는 말하지 않았다. 매일 저녁 와인 한 잔을 곁들여 퇴폐적이다 싶을 고독 속에 앉아 그날의 일과를 되새겼던 것에 대해 말하지 않았다. 어쩐지 내 인생을 안에서 밖으로가 아니라 밖에서 안으로 살고 있는 기분이었다. 내가 오랜 세월 소유해온 물건—옷가지, 화장품, 책—을 집어 들다가 문득 나 아닌 다른 낯선 이의 물건이라고 느낄 때도 있었다. 한때 분재가 자랐던 작은 발이 달린 흰색 화분을 보며 잠시 깊은 경멸을 느끼기도 했다. 우리 주방에 놓인 희고 파란 작은 사발을 보았다. 우리가 수시로 쓰는 그릇이었다. 강사 집에 있던 사발과 어디하나 다를 것 없이 똑같았지만, 동시에 전혀 다른 그릇이기도 했다. 예전에는 신경도 쓰지 않았을 사물을 눈여겨 살피기 시작한 게 이런 상황을 낳은 부분적 요인임을 곧 알아차렸지만, 그러는 이유나 그로써 목적하는 바가 무엇인지는 여전히 파악이 되지 않았다. 그러다 어느 날인가 강사 집이 미술관과 정말 닮았음을 깨달았다. 미술관처럼, 또 역사의 일부 교훈처럼 매끄럽고 막힘없이 이어지는 선을 이루고 있다는 점에서. 그와 대조적으로 우리집은 포스트모던한 집합체, 내가 아주 오랜 시간 침묵시키려 그리고 망각하려 몸부림쳐왔으며 그에 대해 어쩔 수 없이 막연한 수치심을 느끼는, 색깔과 소리와 사물이 뒤죽박죽 뒤섞인 공간이었다. 달리 표현할 방법이 없었다. 그날 뒤로 달라진 건 딱히 없었고 단지 아주 오랫동안 그리스 희곡 작가들을 읽지 않았다. 그러다 시간이 한참 지나 돌아갔을 때, 내가 여전히 그 작품들에 매혹된다는 사실에 실망감마저 들 뻔했다.

그사이 나도 강사와 우리 집, 양쪽 공간 모두에 어떤 형태로든 존재하는 파랗고 흰 도자기의 역사에 대해 배우게 되었다. 잘 아는 사이도 아닌 친구의 친구 집에서 동아시아 예술에 관한 책을 훑어보던 중에 역시나 파랗고 흰 항아리 두 점의 이미지를 보았다. 다른 사람들이 부엌에 모여 대화를 나눌 동안 나는 페이지를 넘기다 말고 고개를 숙여 그 이미지를 살폈다. 친숙한 무늬를 바로 알아보았지만 이 항아리에는 또렷이 다른 점이 있었다. 그 모양이 어딘지 모르게 더 고급스러웠고 어깨는 곱게 떨어지고 곡선은 우아했으며, 흰색은 한층 멀겋고 파란색은 붓으로 바른 듯 한층 엷고 묽었다. 백자가 중국에서 수백 년 동안 제작되었으며 머나먼 유럽은 물론 중동과도 거래되어 렘브란트 판 레인의 회화에도, 쿠란 구절이 새겨진 평판에도 등장한다고 그 책에서 읽었다. 백자가 오랜 세월 진귀하게 여겨졌고 그 이유 중 하나가 구성 성분이 한동안 수수께끼로 남아 있었기 때문이라는 것도. 백자는 유럽으로 수출되었고 그중 일부는 연꽃잎과 전통적인 여의 문양 테두리에 더해 네덜란드의 가옥과 기독교 도상을 나란히 싣기 시작했다. 주문 제작된 이러한 백자를 신 드 코망드Chine de commande라 불렀다. 이후 백자 제작의 비밀이 독일에 이어 영국에서 발견되었고, 그 결과 중국 백자는 예전만큼 독보적이지도 필요하지도 않게 되었다.

나는 모네의 걸작으로 꼽는 그림을 여태 보고 있는 엄마에게로 고개를 돌렸다. 엄마는 음악에 몸을 흔들 듯, 또는 몹시 피곤한 듯 가볍게 휘청이고 있었다. 나도 미술관에서 보거나 책에서 읽은 것이 이해되지 않을 때가 있다고 엄마에게 말했다. 의견이나 관점이 있어야만 할 것 같은 느낌의 압박감을 안다고, 더욱이 그 의견을 명료하게 말할 수 있어야만 할 것 같은데 거기에는 대개 특정한 교육이 선행되어야 하기 마련이라고. 역사와 맥락에 대해 말할 수 있게 해주는 그런 교육은 여러 면에서 외국어와 같다고 했다. 나는 오랫동안 이 언어를 믿었고 그에 유창해지려 최선을 다했다. 하지만 가끔은, 아니 실은 점점 자주, 이런 종류의 반응 또한 허위이자 일종의 연기라고 느끼게 되었다고, 그리고 이 역시 내가 찾는 게 아니라고 말했다. 때로 나는 그림을 보며 아무것도 느끼지 않았다. 느끼더라도 그건 직관이고 반응일 뿐이지 말로 표현할 수 있는 게 아니었다. 그럴 때는 그저 그렇다고 말해도 된다고 나는 말했다. 중요한 건 열려 있는 것, 듣는 것이라고, 말할 때와 말하지 않을 때를 아는 것이라고.

우리는 아오야마에 있는 묘원을 걸었다. 잘 알려진 벚꽃나무는 모두 헐벗었고 사방에 세로로 길쭉이 솟은 비석은 아담한 사당이 옹기종기 모여 있는 인상을 주었다. 묘라기보다는 자그만 영靈들을 위한 집이

나 터에 가까워 보였고, 대문이라 부를 법한 문과 산울타리가 실제로 둘린 묘도 있고 작은 석등이나 돌로 된 화병에 꽃이 담긴 묘도 있었다. 돌, 이끼, 비질한 낙엽, 나무패에 적힌 글. 어쩐지 숲이나 수도원이 떠올랐다. 그에 앞서 우리는 에도시대의 삶을 상상해볼 수 있도록 오래된 일본 가옥 여러 채를 고가네이 공원으로 옮겨와 재건해 꾸민 대규모 옥외 박물관을 방문했다. 그중 한 가옥에서는 안에 있던 여자가 앉으라고 청하며 개방형 화덕 위에 걸린 냄비에서 뜨거운 차를 따라주었다. 꽃향기가 났지만 딱히 달지는 않았다. 잔을 들여다보니 분홍색 꽃이 떠 있었다. 그 사람은 우리가 마시고 있는 차가 소금에 절인 사쿠라 꽃잎을 우린 차라고 말했다. 엄마가 흙바닥과 장작을 땔 때는 화덕이 있는 집을 둘러보며 어릴 때 살던 집이 생각난다고 했다. 하지만 이 집은 이백 년도 더 된 집인데? 물론 엄마가 집보다도 맨바닥과 전기를 들이지 않은 단출한 주방과 어두컴컴한 실내를 보고 한 말임을 모른 건 아니었다. 홍콩에는 아직도 그런 거리가 있었다. 여러 오종종한 마을의 흔적이 마천루 사이의 비좁은 공간이나 지붕 위에 빽빽이 들어차고,

전깃줄과 세탁 줄이 집집 사이 널려 있는 골목. 예전에 엄마가 어릴 때 5층 건물 발코니에서 누군가 뛰어내리는 걸 보았다고, 또 한번은 길가에서 개가 두들겨 맞는 모습을 보았다고 말해준 적이 있었다.

　지금 내 나이에 엄마는 벌써 새 나라에서 새 삶을 꾸려가고 있었다는 사실이 새삼스레 떠올랐다. 그즈음 이미 갓난아이를 낳았을 테고 가족을 보러 홍콩에 돌아갈 횟수를 한 손으로 꼽을 수 있었을 터였다. 엄마가 그곳에서 보낸 처음 몇 달이 어땠을지 상상해보려다 실패했다. 고향이 그리웠을까? 평생 살아온 곳과는 너무도 다른 길거리와 벽돌집과 판잣집에 경이감이 들었을까? 종종 그렇듯 굵직굵직한 차이보다도 셀 수 없이 많은 자잘한 차이가 기운을 앗아갔을까? 재고는 넘치는데 정작 당면도 알맞은 쌀도 구할 수 없는 슈퍼마켓, 죽이라고는 하는데 아무런 고명도 맛도 없이 밍밍하고 얇게 채 썬 부추와 죽순과 검은 피단 대신 귀리와 우유로 죽을 만들어 먹는 가정, 길을 건너다가 고함치는 운전자와 맞닥뜨리게 되는 거리, 엄마가 구사하는 완벽에 가까운 식민지 영어를 못 알아듣는 은행 직원.

우리는 차를 마시고 다시 걷다가 오래된 공동목욕탕 건물에 들어가보았다. 큼직한 욕실 공간이 나지막한 벽을 가운데 두고 한쪽은 여자, 다른 쪽은 남자 전용으로 분리돼 있었다. 탕들은 깊고 각졌고 표면에는 연푸른 타일이 붙어 있었다. 수도꼭지와 거울이 벽에 일렬로 붙어 있었고, 그 앞에 낮은 욕실 의자를 두고 앉아 몸을 먼저 씻은 뒤 여럿이 함께 쓰는 탕에 들어갔던 거라고 나는 설명했다. 욕실 천장에는 어린이 그림책의 삽화만큼이나 정겹고 단순한 물빛 하늘과 산과 녹음, 구름과 쪽빛 호수를 묘사한 커다란 벽화가 그려져 있었다. 엄마가 그걸 보러 다가가더니 목을 뒤로 젖히고 기분 좋게 펼쳐진 경치라도 바라보듯 한숨을 내쉬었다. 나는 6, 70년대의 올림픽이나 기타 스포츠 행사의 홍보 포스터를 연상케 하는 색감의 벽화와 쪽빛 타일을 사진에 담고는 엄마에게 도쿄 시내의 목욕탕에 같이 가보겠느냐고 물었다. 지난번 여행 때 가봤는데 좋았다고, 여자들과 아이들이 다 같이 목욕하는 경험이 즐거웠다고 말했다. 엄마는 수영복을 안 가져왔다고 했고 나는 상관없다고, 실은 수영복을 착용하지 못하게 돼 있다고 말했다. 엄마는 빙

굿이 웃더니 고개를 저었다. 나는 그때 갔던 목욕탕에서 어리고 갓난 아이들이 한 손으로 눈을 가려주고 다른 손으로 머리에 물을 부어 목욕을 시켜주는 저희 엄마 몸에 꼭 매달리던 광경과, 그애들이 아직까지는 엄마와 정말 분리되었다고 느끼기보다 여전히 한 몸과 한 마음을 이루는 일부로 서로를 여기었던 것을 생각했다. 나와 언니도 그렇게 여기던 때가 있다는 것도 알았다. 이 여행에서 엄마는 나보다 먼저 단장을 마치고 기다릴 때가 많았다. 잠옷 차림으로 침대에서 일어나다가 마침 잠에서 깬 내게 모습을 들킬 때면, 엄마는 갈아입을 옷을 챙겨 황급히 화장실로 향했고 심지어 문을 닫기 전에 일본식으로 고개를 숙였다.

우리가 탈 이바라키행 전철은 이른 열차여서 우리는 바로 전날 미술관에서 들어갔던 방만큼이나 까맣고 어둑한 하늘 아래 짐 가방을 끌며 역으로 갔다. 발 밑 보도블록에서 살그머니 빛이 나는 듯했고, 긴 갈색 외투의 목깃을 세우거나 날씬한 서류 가방을 손에 들고 일터로 향하는 사람들이 한 줌 보였다. 나는 엄마에게 오늘은 장시간 여행하게 될 거라고, 딱 한 곳을 보러 조금 돌아갈 거라고 했다. 앞서 나는 우리가 열차와 그 뒤에 이어 탈 연결선까지 줄줄이 놓칠까 싶어 호텔을 서둘러 나오려 안달했다. 그런데 막상 역에 도착하고 보니 시간이 넉넉했다. 알림판을 보다가 우리가 타려는 열차보다 일찍 출발하는 열차가 몇 분 이내로 도착할 예정임을 알았다. 엄마에게 짐 가방을 봐달라고 말하고 자동 매표기가 있는 승강장 반대편으로 걸음을 재촉했다. 매표기에서 기존에 사둔 표를 다른 열차표로 교환하는 게 어찌저찌 가능했던 걸로 기억했던 건데, 촌각을 다투어야 하리라는 것도 알았다. 승강의 순간에 우리가 떨어져 있는 것에 엄마가 슬그머니 걱정을 하리라는 것과, 차분한 겉모습 뒤로 내가 서두르길 바라리라는 것도 알았다. 열차표를 기계에 입력하고 항목을 파악하려 들다 어느 때고 열차가 도착할 수 있음을 의식하며 언어 설정을 영어로 선택했다. 이어지는 화면을 빠르게 이동하자 기계가 드디어 표를 받아주었고, 한참 뜸을 들이더니 새 표를 두 장 발급해주었다. 나는 표를 낚아채 엄마가 기다리는 곳으로 뛰어갔고, 엄마가 응원하듯 두 손을 흔들어대는 사이 열차가 승강장에 진입했다.

좌석을 찾은 뒤 엄마가 내 외투를 받아 객차 벽에 붙어 있는 작은 플라스틱 고리를 당겨 걸었고, 나는 그사이 짐 가방을 좌석 위 선반에 올렸다. 내가 가져온 책이나 그날 아침 호텔에서 챙긴 신문을 읽겠느냐고 물었지만 엄마는 고개를 저으며 바깥 풍경을 보는 걸로 만족한다고 말했다. 엄마는 아주 바른 자세로 앉아 무릎에 손을 올리고 전원 풍경이 쌩하니 스쳐지나는 창밖을 응시했다. 열차가 워낙 빠르게 달리는 통에 말이 풍경이지 정작 알아보기 어려운 색채와 선의 인상뿐이어서 기분 좋게 세부를 감상하는 건 불가능했다. 엄마는 삼촌이 열차를 좋아했다며 이 열차도 그랬을 거고, 하지만 삼촌은 정작 열차를 몇 번 타지 못했다고 말했다.

엄마가 언젠가 삼촌에 대해 해준 이야기가 생각났다. 나는 식구들과 함께 홍콩에 돌아간 일이 몇 번 안 되는데, 그렇게 잠깐 방문했을 때 삼촌을 만났다. 삼촌은 조용하고 호리호리했고 대학생처럼 책을 좋아하는 느낌을 주었지만 사실 한 번도 대학생이었던 적이 없었다. 엄마와 마찬가지로 옷차림과 전반적인 매무새에 신경을 쓰며 늘 잘 다린 흰 셔츠에 검은 구두를 맞춰 신었고, 3, 40년대 중국 영화배우처럼 가르마로 살짝 물결이 지도록 머리를 빗었다. 엄마는 삼촌이 동네 남자아이들과 달리 다정하고 사려가 깊었다고 했다. 삼촌은 조류 시장에서 어느 상인 일을 거들었고 가끔 집에도 새를 데려왔다. 어릴 때 엄마는 집에 새가 있는 게 그렇게 좋았다. 삼촌과는 자그마치 여덟 살 터울로, 그사이 할머니가 두 차례 유산을 겪었다고 했다. 엄마는 오빠가 새장을 청소하는 걸 자주 구경했고, 가끔은 물통 채우는 정도는 도와도 좋다는 허락을 받았다. 그럼 엄마는 부엌 개수대에서 물을 받아 한 방울이라도 흘릴세라 가만히 들고 왔고 오빠가 건네받아 그사이 신문지를 새로 깔아둔 새장에 끼워 넣었다.

어느 날은 가게에 사람이 찾아와 한참 새들을 둘러보며 천장에 연결된 기다란 장대에 걸린 이 새장 저 새장을 내려달라고 삼촌에게 부탁했다. 삼촌은 새장을 내릴 때는 되도록 살며시 내리려 조심했는데, 너무 빠르거나 차분하고 고르지 않게 손을 움직였다가는 새들이 기겁해 퍼드덕대다가 다리나 날개를 다칠 수 있음을 알고 있어서였다. 남자는 새 중에서도 가장 예쁘고 값비싼, 하트 모양 가슴과 홍조 빛 깃털을 지닌 새 두 마리를 마침내 고르며 딸에게 선물할 거라고 말했다. 한 쌍이 꼭 커플 같다고 남자는 농담을 했다. 삼촌은 그날의 마지막 손님이기도 한 남자와 계산을 마치고서 나무 미닫이문을 먼저 닫아 잠그고 이어 철제 주름문을 내려 가게 문을 닫았다.

마침 장마철이어서 느닷없이 내리치는 세찬 빗발에 우산을 펼치기도 전에 쫄딱 젖기 마련인 그맘때면 삼촌은 비를 맞으며 집에 걸어가곤 했다. 어디로 걸어도 신발 안까지 물이 차고 바지 밑단이 흥건해지는 걸 피할 수 없었다. 그러다가 마찬가지로 느닷없이 비가 물러가면 그 못지않게 빽빽하고 숨막히는 열기가 그 자리를 채웠다. 달삯을 받는 날이면 삼촌은 집에 오자마자 봉투에 든 돈 중 3분의 2를 어머니에게 드렸고, 그리고 남은 소액만 자기 몫으로 챙겼다.

하루는 아침에 가게 안쪽 문을 열고 보니, 철문 밖에서 벌써 누가 삼촌을 기다리고 서 있었다고 엄마는 말했다. 국화 문양이 들어간 철문 사이로 그 사람이 학생이고 근처 수녀원 부속학교 교복을 입고 있음을 알아봤는데, 이 학교는 삼촌이 열네 살에 일을 시작하며 그만둔 학교와 지척에 있었다. 학생은 손에 신발 상자를 들고 있었고, 상자 뚜껑에는 보아하니 흔한 연필로 뚫은 구멍이 여섯 개 나 있었다. 삼촌은 상자를 열었고 한 달 전에 가게를 찾았던 남자에게 판 두 마리 새 중 하나가 헌 교복 양말을 찢어 만들어놓은 이부자리에 힘없이 몸을 떨며 누워 있는 걸 발견했다. 삼촌은 새장을 하나 내려 그 안에 든 새를 다른 새가 있는 새장으로 옮겼다. 빈 새장을 꼼꼼히 청소하고 횃대를 바닥 가까이로 낮게 내린 다음 신문지를 새로 깔고 먹이와 물을 새로 챙겨 넣었다. 학생은 그 사이 학교에 갔고, 이후 며칠간 삼촌은 새장을 눈높이에 두고 가게 일을 보며 날이 따뜻하면 어룽거리는 햇살이 내리쬐는 곳으로 새장을 옮기고 비가 올 때면 미닫이문을 반쯤 닫아가며 새장에 비가 들이치지 않도록 했다. 새가 차츰 회복하는 사이 조금씩 횃대 높이를 올려가다가 마침내 새가 날아서 횃대로 오를 수 있게 되자 대나무로 된 새장 뼈대를 두툼한 천으로 덮어 여학생이 사는 이름난 거리의 단지로 들고 갔다.

그 뒤로 며칠 그리고 몇 주에 걸쳐, 엄마는 오빠와 그 여학생이 같이 있는 모습, 자전거를 타고 시내를 가로지르거나 길가 좌판 앞에 줄을 서 기다리는 모습을 종종 보았다고 이야기했다. 이따금씩 엄마도 나들이에 초대해 건자두와 사탕을 종이 봉지 가득 담을 수 있는 동네 과자 가게에 데려갈 때도 있었다. 엄마는 두 사람이 단골로 만나는 장소에 익숙해졌다. 공원 분수, 수녀원 부속학교 근처 모퉁이. 오빠와 같이 시간을 보내는 걸 여학생의 부모가 탐탁잖아하리라는 건 누가 말하지 않아도 자명했는데, 그건 삼촌이 가난하고 교육을 받지 못했기 때문이었다. 대개 둘은 비밀리에 약속을 잡고 만났다. 엄마는 결과적으로 가담자가 되었는데, 두 사람이 같이 있는 걸 들키더라도 엄마의 존재가 손쉬운 명분을 대주었고 열 살이라는 어린 나이가 암묵적인 후견인 역을 했다. 이 이야기를 들으며 나는 종종 그때 엄마 기분이 어땠을지 궁금했다. 그 경험이 처음으로 가까이에서 연애를 접한 경험이 될 만큼 어린 나이이자, 그에 강한 호기심을 느끼기에 충분한 나이였으니까. 예를 들어 오빠 자전거에 걸터앉거나 놀이터의 기구를 오르다가 오직 서로에게만 집중하는 두 사람을 보는 기분이 어땠을까? 과자 가게에서 엄마가 고른 사탕 값을 치르거나 추가로 영화표를 사주면서도 정작 다른 데 정신이 팔려 있는 걸 보는 기분은? 둘이 주고받는 농담이 상대를 웃게 만들기 위한 것이며 둘이 얼마나 행복해하는지 보는 기분은? 이 모든 걸 옆에서 지켜보며 엄마 자신의 앞날에 무엇이 기다리고 있을지 생각하고 꿈꾸었을까?

예전부터 카메라에 관심이 있었던 삼촌은 달삯을 받고 남은 돈으로 중고 카메라를 하나 장만했다. 셋이 같이 다닐 때 그 카메라로 종종 사진을 찍었는데, 늘 오빠가 사진을 찍었으니 엄마와 여학생이 나란히 찍은 사진이 그 관계를 담은 유일한 기록이 되고 말았다. 엄마는 아직도 그 사진들을 어딘가 갖고 있다고 했다. 공원 분수 앞에서 엄마는 분수 턱에 올라서고 여학생은 긴치마 차림으로 옆에 앉아 미소를 짓는 사이 분수에서 뿜어져 나온 물이 흑판과 은판처럼 그 뒤를 장식하는 사진이 여러 장 있다고. 당시 엄마 눈에는 그 여학생이 당연히 굉장히 세련되고 어른이나 진배없어 보였다고 말했다. 흰색 교복 양말을 발목까지 올려 신고 두툼한 색깔 띠로 책을 고정해 들고 다녔다. 외모도 예쁘장하고 그 시절 그리도 높이 평가

받던 창백한 안색에, 머리는 뒤로 단정히 빗어 유리 구슬만 한 흰 방울이 달린 고무줄로 묶고 다녔다. 엄마에게는 언제나 다정했고 엄마를 동생이라 불렀으며, 하루는 그해 2학기가 끝나는 대로 오빠와 도망가기로 계획한 내용을 귓속말로 알려주었다고 했다.

그러나 그리 조심했음에도 둘의 교제는—당연하게도—얼마 못 가 탄로가 났다. 여학생은 학교 친구들에게 이야기했고, 가게 밖에서 삼촌을 기다리다가 가게 사장에게 들키기도 했다. 둘이 자전거를 타고 물가로 내려가는 모습이나 동네 술집에서 양식洋食을 나누어 먹는 모습도 이웃과 친구들 눈에 종종 띄었다. 두 사람의 교제는 공공연한 비밀이었다.

어느 날 삼촌이 여느 때처럼 학교 근처에서 여학생을 기다리는데 여학생이 좀처럼 나타나지 않았다. 결국 삼촌은 학교로 돌아가 같은 반 친구를 찾아냈고, 그 친구는 여학생이 그날 학교에 오지 않았다고 알려줬다. 여학생의 집까지 찾아간 삼촌은 대담하게 초인종을 울렸지만 대답이 없었다. 옆 골목으로 돌아가 나무를 하나 기어올라 창문을 들여다보니, 방들이 비어 있었다. 잠시 후 삼촌은 대문 앞으로 돌아가 다시 기다렸다. 달리 방법이 없었다. 그러자 마침내 가정부가 삼촌을 딱히 여겼는지 밖으로 나와 가족이 다 같이 미국으로 이사 갔고 다시 돌아오지 않을 거라고 일러주었다. 그길로 돌아서 안으로 향하던 가정부가 잠시 저울질을 하듯 발길을 멈췄다. 그러더니 삼촌에게 이 말을 해야 할지 말아야 할지 망설였지만 어쨌거나 말하기로 이제 마음먹었다고 이야기했다. 가정부는 가족이 떠나기 직전에 여자애가 언젠가 돌아올 테니 그저 기다려달라는 말을 전해달라고 부탁했다고 말했다. 삼촌은 가난하고 교육을 못 받기도 했지만 심장 질환도 앓고 있었다고 엄마는 설명했다. 병원에서는 어린 나이에 죽을 거라고 이야기했지만 삼촌은 살았다. 그렇기는 해도 그 무렵에 비행기를 타기에는 여전히 건강이 좋지 못했다고 했다. 설사 삼촌이 그 가족이 미국 어디로 갔는지 알았다 해도, 비행기 삯을 치를 돈이 있었다 해도. 그러니 가정부에게 고맙다고 말하고 집으로 돌아오는 수밖에 달리 방도가 있었을 리가. 그 뒤로 삼촌은 계속해서 일을 하고 건강을 챙겼고, 돈을 충분히 모으게 되자 여학생이 살던 집에서 지척인 동네에 침실 하나 딸린 집을 장만해 이제는 다른 가족이 살고 있는 그 집 앞을 간간이 지나치곤 했다. 그러다 시간이 더 흘러 다른 일자리를 구했고, 거기서 다른 일터로 또 다른 일터로 옮겨다니다가 결국은 신문사에 취직하게 되었다. 신문사에서는 다른 도시로 가보겠느냐고, 더 좋고 비중 있는 직책을 맡지 않겠느냐고 제안했지만 삼촌은 거절했다. 노래하는 새를 파는 일을 그만둔 지 오래여도 언제나 집에 노랗고 작은 명금을 두었고, 그 새를 찾기 위해 도시의 새 시장을 구석구석 돌고는 했다. 끝내 결혼을 하지 않았고 식구를 꾸리지 않았다. 그러다가 기어이 편지가 도착했다고 엄마는 말했다. 해외에서 온 편지로 가장자리가 빨갛고 파란, 하늘색 국제우편 봉투였다. 안에 든 편지는 단정하고 차분한 필치로 적혀 있었고, 묘한 병행을 이루는 삶의 윤곽을 묘사하고 있었다. 새 나라에 도착해 새 학교를 다니기 시작하고 고향에의 그리움과 가슴앓이로 괴로워하다가 그마저 차츰 희미해진 일, 이어 대학에 진학해 예상치 못한 새로운 사랑을 발견했을 때의 놀라움, 뒤이은 취직, 결혼, 자녀들. 어느새 성인이 되고 엄마가 된 여학생은 삼촌의 안부를 물으며 둘이 알던지인들에게 수소문해 연락처를 알았고 다시 편지를 썼으면 한다고, 가능하면 통화도 하고 싶다고 했으나 삼촌은, 수차례 시도하기는 했지만, 끝끝내 제대로 된 답장을 쓸 엄두를 내지 못했다.

내 어린 시절 내내 엄마는 이 이야기를 가난과 가족과 전쟁을 소재로 한 다른 이야기와 마찬가지로 매번 조금씩 다른 형태로 되풀이했다. 어른이 된 뒤에 삼촌에 대해 다시 물으며 엄마가 한때 그리도 상세히 묘사했던 사진들을 보여달라고 한 적이 있는데, 엄마는 영문을 모르겠다는 표정으로 오빠에게 그런 일은 없었다고 말했다. 그리고 삼촌은 집 옆에 있던 문구점에서 일했지 시장의 새 가게에서 일한 적이 없고, 다만 삼촌에게 심장 질환이 있어 평생토록 어릴 때 자란 동네에서 크게 벗어나지 못한 건 사실이고 한 번도 결혼하지 않은 것도 사실이라고 말했다.

언니에게 예전에 들은 이 이야기에 대해 묻자 자기도 그런 이야기는 기억나지 않는다고 했다. 조금 후에는 고등학생 때 본 텔레비전 연속극 줄거리와 아주 비슷하다고 말했다. 바로 다음날 언니는 다시 전화를 걸어와, 우리 어릴 때 먹던 달달한 떡을 처음으로 만들어보는 중이라고 했다. 잡지에서 본 레시피인데 오랜 세월 잊고 지낸 음식임에도 레시피를 보자마자 알아봤다고. 떡을 만드는 데 필요한 재료는 지나치게 간단했다. 쌀가루, 물, 설탕 조금, 이스트 조금이다고, 이걸 섞어 찐 다음에 식히면 끝이었다. 엄마에게 큰 찜기를 빌려 왔고 앞으로는 언니 아이들도 이 맛을 기억할 수 있게 이제라도 만들어보는 거라고 했다. 그러더니 엄마가 삼촌 이야기를 해준 건 기억나지 않는다고 재차 말했다. 엄마 쪽 가족에 관한 기억은 예닐곱 살 때 할아버지 상을 치르러 홍콩에 돌아갔던 때의 기억밖에 없다고 했다. 그마저 어린 시절의 기억이 종종 그렇듯 대체로 인상과 강렬한 느낌으로 이루어져 있다고. 낯선 침대에서 잠을 잤던 것, 수건 촉감의 연분홍색 국화 담요, 정확히는 몰라도 육촌이었나 인척 중 누군가가 그 담요를 양보해줬다는 정도가 기억난다고 했다. 집이 사람들로 늘 붐볐고, 자유로이 주방을 들락거리거나 앉아서 대화를 나누는 이들의 태도에서 언니와 달리 그 공간이 익숙하고 편한 걸 알 수 있었다고 했다. 누가 남이고 누가 가족인지 구분되지 않는 그 경험이 어린아이에게는 혼란스러웠는데, 어쨌거나 그중에 느닷없이 그리고 납득되지 않는 방식으로 언니에게 자상함을 보이는 사람들이 있었다. 다가와 간식이나 단것을 주거나, 언니는 하지도 알아듣지도 못하는 광둥어로 말을 걸어보기도 했다. 말이 통하지 않는다는 걸 알면서도, 두 화자에게 의지만 있으면 마법처럼 이해가 뒤따르리라는 듯 굳이 시도를 하더라고 언니는 말했다. 그래도 언니가 멀거니 바라보고만 있으면 그제야 단념하고 고개를 저으며 가버렸다고. 언니는 몇 개 표현만 겉핥기로 알 따름이라 여행 내내 네, 아니요, 감사합니다 정도를 뜻하는 말로만 자기 의사를 표시할 수 있었다. 다른 아이들과 달리 언니는 일을 거들라고 하기에도 모르는 게 너무 많아 보였는지, 어른들은 언니가 뭘 하건 눈감아주는 동시에 혼자 내버려두었다. 언니는 자단목 의자에 몸을 웅크리고 앉아 사촌에게서 빌린 게임보이를 하거나 텔레비전 만화를 보며 시간을 보냈다. 작은 안뜰에 나가 놀려 들면, 예를 들어 뜰에 있는 돌사자와 사자가 무겁고 꾸밈 있는 앞발을 얹고 있는 공을 보러 갈 때면, 누군가가 사이즈가 너무 크고 다른 사람 발 모양대로 길이 들고 때가 탄 분홍색 가락 신을 빌려줬다. 언니에게 유일하게 주어진 일은 쌀 씻기로, 희뿌연 물이 말갛게 변할 때까지 반복해 물을 받고 비우는, 어린애가 하기에도 단순한 일이었다. 밤이면 자리에 누워 선풍기 도는 소리와 큰 방에서 다른 가족들이 두런거리는 소리를 듣곤 했다.

장례식은 기억이 나지 않고 산 높은 곳 어딘가 있던 묘지와 재색 묘비, 끝없이 이어지던 계단만 기억난다고 언니는 말했다. 여행 내내 마음 깊숙한 곳에서부터 겉돌았다고. 언제나 시선을 느꼈고, 대개 자상함이 깃든 눈길이긴 했지만 그조차 작고 뭘 모르는 동물, 제 본연을 조절하고 다룰 능력이 없는 동물에게 보이는 용인이나 마찬가지였다고 했다. 언니는 어떻게 행동해야 할지, 이 새롭고 복잡하기만 한 친족의 층층을 어떻게 누벼야 할지 알 수 없었다. 조촐한 우리 식구와 달리 대가족에 둘러싸여서는 혼자 있거나 혼자 쉴 수 있는 순간이 한시도 없었다. 다들 누군가를 위해 분주히 뭔가 하고 있는 것만 같았고 그 탓에 언니는 쓸모없고 방해만 되는 기분이었다. 상중이라는 거야 알았지만 제단에 놓인 사진 속 얼굴과 온 가족이 찾아간 묘에 묻힌 사람이 언니에게는 남만큼이나 낯설었다. 그날 가져간 종이돈만큼은 여전히 기억나는데, 그럴 만도 하게 금박 글자가 새겨진 자홍색 계열의 밝은 보라색 포장지에 싸여 있었다. 회색일색인 돌과 콘크리트 계단과 달리 현란하고 심지어아름답기까지 했다. 돈 자체도 보드게임에 딸려 오는돈처럼 색색이었다. 다른 사람들을 따라 언니도 줄을 서 기다렸다가 불길 속에 돈을 던져 넣었는데, 풍향이 바뀌면서 연기가 눈을 찌르자 그제야 눈에 눈물이 고였다. 그 뒤로는 하루 종일 따분하거나 기분이변덕을 부렸고, 공물로 올리라고 누군가 쥐어준 음식그릇을 돌 턱에 성급하고 부주의하게 얹으면서도 엄마가 친지들 틈에서 자신의 그런 처신을 보며 민망해하겠지 생각했다. 결국 누군가 아이스크림을 사주어서 후텁지근한 가운데 키가 큰 풀 사이에 쪼그리고앉아 아이스크림을 먹었다.

다음날 언니는 차를 타고 옆 동네 보석상에 갔고, 거기서 안뜰에 있는 것과 같은 돌사자와 얼굴이 자상하고 손가락이 길어 금방 알아볼 수 있는 자비의 여신상을 봤다. 물이 든 옥그릇도 있었다. 그릇 바닥에는 메기 두 마리가 갈대와 수초 사이를 헤엄치는 모습이 옥돌에 오목하게 새겨져, 실제로 물에 떠 있는 듯 보였다. 상점 안을 둘러보다가 문득, 돌아갈 때 가져갈 선물을 사줄 의도로 가족이 굳이 데려온 것임을 무안해하며 깨달았다. 사람들이 이런저런 장신구를 설명을 곁들이며 보여주었다. 희고 뿌연 옥도 있고 말간 갈색 옥도 있었는데, 말간 옥은 며칠 앞서 먹었던 검은 피단과 비슷했다. 깊은 미색이 깃든 초록빛 옥을 보면서는 산꼭대기와 묘지에 자라던 이끼를 떠올렸다. 하지만 언니는 결국 패물이나 장신구 대신 장난감에 가까운 것을 골랐다. 계산대에 녹색과 청색 천과 붉은 리본으로 포장한 조그만 책인지 상자인지가 한 무더기 쌓여 있었다. 천 포장을 벗기니 유리판이 나왔고, 그 안에 작은 황금 거북이와 바위가 들어 있었다. 상자를 열면 어떤 원리인지는 몰라도 거북이가 손발을 흔들며 머리를 좌우로 돌리기 시작했다. 언니는 보자마자 이 장식물에 반했고, 그 덕에 지난 이틀간 감당해온 낯섦과 혼란마저 무마되는 기분이었다. 집에 돌아가서도 유난히 북적대는 식사 때나 조문객이 몰려들 때면 혼자 슬그머니 빠져나와 상자를 열고 거북이가 어김없이 춤을 추는 모습을 바라보

앉는데, 어찌 보면 헤엄치는 동작 같기도 했지만 물론 거북이는 어디로도 향하지 않은 채 헛돌고 있었다. 돌아오는 여행길을 앞두고 언니는 거북이 상자를 조심히 포장해 티셔츠 사이에 넣었는데, 상자를 다시 열어보니 싸구려 풀로 고정되어 있던 유리판이 제자리에서 밀려나 거북이가 더이상 움직이지 않았다.

언니는 그 뒤로 홍콩에는 딱 한 번, 어린 레지던트 시절 가우룽의 어느 호텔에서 열린 의학 콘퍼런스에 참석하러 간 게 전부라고 했다. 도시를 알아보기가 어려워 사실상 두 번째 방문이 아니라 첫 방문 같았다고 말했다. 거대한 회색 마천루가 무성한 아열대숲과 초록빛 산 정상과 남빛 해만을 배경으로 펼쳐지는 그 도시의 묘한 병치를 예상하지 못했다고. 홍콩은 놀랍도록 아름다웠고 이미 한 번 와본 곳이라는 사실이 믿기지 않았다. 당시 언니는 의대를 졸업하고 분주한 공공 병원에서 일하고 있었고 그곳에서 시험을 거쳐 전문의가 되는 데 필요한 자질을 갖출 터였다. 언니는 수련 과정을 잘 밟아가는 중이었고 이제 의학계에서 높이 평가받는 내분비학 관련 콘퍼런스에 발제자로 초대를 받아 외국의 도시까지 온 참이었다.

지난번에 이 도시를 찾았던 어색하고 고집 센 아이, 스스로를 지킬 줄 모르고 묘지에서 그리도 목석같이 공물을 내던졌던 그 아이는 이제 기억조차 안 났다. 콘퍼런스에 입고 갈 옷으로 언니는 허리선이 잘록한 정장 상의와 통이 넓은 바지를 짐에 넣어 왔고, 상의 안에는 목선이 둥근 흰색 민무늬 티셔츠를 받쳐 입었다. 호텔의 여러 강당은 어두컴컴했고 사람들로 붐볐다. 발제 내용은 모두 훌륭했고 열의를 북돋았다. 콘퍼런스에 참석한 경험이 피와 살이 되리라는 걸 언니는 알았다. 로비에서 진행 요원들이 건네준 줄 달린 명찰에는 언니와 병원의 이름이 나란히 찍혀 있었다.

저녁때 언니는 술을 곁들인 통상의 사교 활동을 거르고 관광에 나섰고, 전철을 타는 수고를 들이느니 택시나 스타페리를 이용하는 편을 택했다. 배가 빅토리아항을 건널 동안 정장 상의를 벗어 뱃머리 난간에 조심스레 접어두었다. 핀으로 고정해둔 머리가 바람에 풀려 짧은 가닥들이 얼굴 주위에서 날리는 통에 괜히 자유로운 기분이 들었다. 바닷물은 일렁이거나 반반했고, 언니는 난간에 걸어둔 상의에 두 팔을 기대고 늦은 오후의 옅은 황금빛 안개에 감싸인 눈앞의 도시를 바라보았다.

　홍콩에 사는 가족에게 연락을 할 생각이긴 했는데 출장을 떠나기 직전까지도 일이 너무 바빴던 탓에 시간이 없었다고 언니는 말했다. 홍콩에 도착한 뒤에야 연락하자고 재차 다짐했지만 그러기 전에 우선 혼자서 시간을 좀 갖고 싶었고, 그해 내내 공부와 일에 매달렸던 터라 이제라도 마음 가는 대로 하고 싶었다고. 콘퍼런스에서 언니는 이후 남편이 될 사람을 만났다. 졸업한 지 얼마 되지 않았고 근면하고 유능한 것이 언니와 꼭 닮은 사람이었다. 수년간 공부를 이어오며 다진 전문적이고 공감할 줄 아는 자세와 안심이 될 정도로 적절한 거리감을 유지하는 태도도 닮았다. 그 사람도 가까운 대만에 가족이 있었고, 마찬가지로 아직 만날 약속을 잡지 않은 상태였다. 지금이야 남편으로서 워낙 친숙하다보니 서로 허물없이 지내기 이전이나, 그와 같은 공간에 있는 걸 깨닫고 놀랐을 자기 모습이 잘 상상되지 않았다. 하지만 서로 잘 모르던 시절에 둘이 함께 보낸 도취의 날들은 기억난다고, 적어도 기억나는 것 같다고 언니는 말했다. 콘퍼런스 일정이 없는 하루, 두 사람은 볕이 내리쬐는 산봉우리를 올랐다. 정상에 전망용 쌍안경이 여러 대 있기에 아래 펼쳐진 도시를 살피려 관광객 기분을 내며 홈에 동전을 집어넣었다. 길을 오르며 언니는 일정한 거리마다 작은 돌로 주추를 놓은 정자가 서 있는 걸 보았는데, 정자 꼭대기에는 으레 회색 돌사자가 앉아 있었다. 다음날 두 사람은 란터우섬에서 바닥이 유리로 된 케이블카를 탔고, 높은 계단 위에 앉은 거대한 청동 부처상을 보았다. 언니가 캔톤로드에서 옷을 살 동안 그 사람은 기다렸고, 밤에는 둘이 작은 술집과 식당이 즐비한 미로 틈을 헤매듯 다녔고 언니에게는 종종 술이 무료로 제공됐다. 이렇게 같이 시간을 보내다가, 이 사람과 함께 사는 삶이 상상이 됨을 어느 시점엔가 깨달았다고 언니는 말했다. 언니와 마찬가지로 헌신적인 사람이었고, 말씨와 화젯거리로 보아 그가 안정을 중요히 여기며 꾸준하고 특정한 삶의 경로를 계획한 사람임을 직관할 수 있었다고 했다. 검사 결과와 환자의 병력을 꼼꼼히 살피고 이제 확정적인 스캔이나 엑스레이 영상을 앞에 둔 사람처럼 언니는 결과를 어느 정도 확신했고, 결말은 이미 나 있었다.

초반에 대화를 나누는 과정에서 그 사람은 언니로서도 홍콩 방문은 이번이 처음이라고 생각하는 듯했고 무슨 이유에선지 언니도 그가 그렇게 믿도록 두었다. 게다가 관광객 행세를 하는 편이, 그렇게 이 도시를 즐기는 편이 더 수월하기도 하거니와 한결 낫다는 걸 시인하지 않을 수 없었다. 언니는 이 도시이긴 하지만 정확히 어딘지는 모르겠는 곳에 살고 있을 가족을 언급하지 않았고, 콘퍼런스가 끝나갈 무렵에는 이제 와 얘기하기는 너무 늦었다고 생각해버렸다. 그리고 이만큼 세월이 지났는데도 여전히 남편에게 이 점을 명확히 밝힌 적이 없다면서 다만 그때 산 정상에서 쌍안경으로 전경을 내려다보며 잠깐, 여러 해 앞서 방문했던 묘지를 우연히 맞닥뜨리지는 않을까 궁금해했던 기억이 난다고 했다.

출장 마지막날에 언니는 발제 사이 휴식 시간을 틈타 옥외 에스컬레이터를 타고 어쩌다 대형 백화점까지 들어가게 됐다. 가장 조용한 꼭대기 층에 이르자 보석상이 나왔다. 상품 진열장이 내부 조명과 하얀 비단으로 환하고, 매장 직원들은 회색 정장과 흰 장갑 차림으로 반듯하게 서 있었다. 언니가 진열장 위로 몸을 숙이자 손목에 찬 금시계가 유리 표면에 쟁강 부딪는 기분 좋은 소리가 났다. 광둥어를 하지 않는다는 사실을 명확히 하자 판매대 뒤에 선 남자는 영어로 말을 바꿨다. 콘퍼런스 장소로 곧 돌아가야 하는 만큼 시간이 얼마 없었지만, 언니는 지난번에 홍콩에 왔을 때 선물을 받았던 것처럼 오늘 자기가 이 가게에서 이번 방문을 기억하기 위해 뭔가 사게 되리라는 걸 알 수 있었다. 결국 고른 판판한 옥 원반은 녹빛보다는 눈빛을 띠었고, 초커 은목걸이에 움직이지 않게 고정돼 있어 목에 두르면 피부에 납작 누웠다. 언니는 추상적인 동그라미를 보며 중국에서 한때 쓰였던 옛날 주화를 연상했고, 조금 후에는 옥이 땅속에서 몸의 부패를 멎게 한다고 믿던 시절, 고대 장례 의식에 쓰인 옥벽玉璧을 떠올렸다.

그날 내가 가고자 한 단 한 곳은 교회였다. 아주 아름다운 건물로 정평이 나고 유명한 건축가가 설계한 곳으로 오사카 근처 교외 주택지에 있다고 했다. 나는 엄마에게 그 종교를 믿지 않는 건 알지만 그곳을 방문하는 건 심오한 경험이라고들 한다고, 시간을 내 가볼 가치가 있었다고 여기게 되면 좋겠다고 말했다. 그에 앞서 내가 열차에서 삼촌과 홍콩 생각에 한참 빠져 있다가 문득 눈길을 돌렸을 때, 엄마는 창가 좌석의 머리 받침대에 고개를 기대고 눈을 감고 있었다. 우리는 역사 물품 보관함에 짐을 두고 교외선으로 갈아탔다. 가는 길에 자그마한 국숫집에 들러 점심을 먹었다. 밖에 길지 않은 줄이 있기는 했으나 한 가지 요리만 내며 긴 세월 장사를 해온 곳 특유의 역량과 민첩함으로 신속하고 효율적으로 서빙이 이루어졌다. 큼직한 국수 그릇은 안쪽만 흰색이고 겉에는 탁한 수박색과 붉고 노란 색으로 촘촘하고 복잡한 무늬가 찍혀 있었다. 어릴 때 식당에서 자주 보던 그릇이 기억났다. 역사의 한 시기에는 이와 동일한 무늬를 정교한 접시와 식기류에서 볼 수 있었을 것이다. 명성 높은 중국 청화자기 못지않게 상찬받으며 귀중히 여겨졌을 테고, 그런 만큼 아시아와 서방 간 교역이 시작되자 여러 다른 나라에서 여러 다른 손에 의해 우선은 구매되고 이어서는 모방되다가 지금은 이런 형태, 그러니까 공장에서 제조돼 전 세계에서 사용되고 그 개수는 수십만 개에 달하는 형태로 존재하게 된 것이었다.

밖은 춥고 전철을 타고 오는 동안은 따뜻했던 만큼 국물을 먹고 나자 엄마도 나도 노곤해졌다. 우리는 나무 전신주와 머리 위로 송전선이 교차하는 교외 주택지를 걸었다. 길이 어찌나 좁은지 보도도 따로 없이 아스팔트 위 흰 선으로 보행 구역을 표시해둔 경우가 많았다. 간혹 편의점과 구멍가게와 커피숍이 옹기종기 모인 곳이 나왔는데, 이런 곳은 밝은 색상의 세로 간판으로 멀찌감치부터 알아볼 수 있었다. 저번에 옥외 박물관에 간 날, 우리는 음악 소리가 흘러나오는 목조 가옥 앞을 지나쳤다. 엄마가 걸음을 늦추었고 안에 들어가고 싶은 기색을 본 나는 뒤돌아 건물 안으로 앞장서 들어갔다. 두 여자가 기다란 악기 위로 몸을 숙이고 있었다. 엄마는 흥분한 목소리로 일본식 치터라고, 소녀 때 라디오로 듣던 기억이 나는 중국 현악기와 크게 다르지 않다고 말했다. 나 역시 나무 음색으로 깊이 울리다가 건조하게 끊기기도 하고, 피아노 건반을 빠르게 훑을 때처럼 일렁이기도 하는 그 소리를 알아들을 수 있었다. 두 여자는 오른쪽 손가락에 쓰메를 각기 세 개 끼었고, 정교하게 다듬은 동물의 흰색 발톱이나 사람 손톱 같은 그 골무로 현을 뜯고 있었다. 엄마는 한참 매료되어 연주를 들었고, 나가는 길에 기왕 왔으니 그 음악을 담은 시디를 사도 되겠느냐고 물었다.

나는 교회를 찾느라고 초반에 좀 헤맸는데, 결국 한적한 동네에서 나직하고 상자처럼 생긴 건물을 맞닥뜨렸다. 건물 내벽이 생콘크리트였고 빛을 대부분 흡수하고 있어 실내가 전체적으로 어둡고 회색빛을 띠고 있었다. 바닥은 완전히 고르지 않고 살짝 아래로 기울어 있어 소박한 남쪽 제단으로 모든 걸 끌어당기려는 듯이 보였다. 제단 뒤 벽면이 바닥부터 천장까지 그리고 좌에서 우로 가로지르는 곧은 선 두 개로 크게 도려져 있어 그 모습에서 커다란 십자가가 연상됐다. 자리에 앉는 동안 우리는 두 선과 그 사이로 쏟아지는, 내부의 잠잠한 분위기와 대조되는 눈부시게 흰 빛에 열중했다. 그만큼 눈을 사로잡는 효과가 있었고, 그런 점에서 동굴 구멍으로 환한 대낮을 내다보는 것과 별반 다르지 않을 듯했다. 어쩌면 초대 교회, 자연이 여전히 본능적이고 거룩한 힘을 갖던 시절의 교회에 앉아 있는 기분도 이랬을지 모르겠다고 나는 엄마에게 말했다. 건축가가 애초 이 십자가를 봉하지 않은 것도 그 열린 틈새로 공기와 일기日氣가 신의 의지인 양 몰아치는 걸 의도했기 때문이라고도 말했다.

날은 흐리고 추웠고 방에는 우리 두 사람밖에 없었다. 나는 엄마에게 영혼에 대해 무엇을 믿는지 물었고 엄마는 잠시 생각에 잠겼다. 이윽고 엄마는 시선을 내가 아닌 우리 앞의 강렬한 흰빛에 둔 채, 우리 모두는 근본적으로 아무것도 아니라고 믿는다고, 그저 무엇 하나 지속하지 않는 감각과 욕망의 연속일 뿐이라 믿는다고 말했다. 어릴 때 엄마는 스스로를 따로 분리해 여긴 적 없이 다른 사람들과 불가분으로 연결돼 있다고 생각했다고 했다. 요즘 사람들은 모든 걸 알려 들고 실제로 모든 걸 이해할 수 있으리라 생각한다고, 마치 모퉁이만 돌면 각성이 기다리고 있다는 듯이, 라고 엄마는 말했다. 하지만 도통함이란 사실 없으며 이해가 고통을 줄이지도 않는다고 했다. 우리가 이 생에서 할 수 있는 최선은 삶을 거쳐가는 것으로, 무無의 상태에 도달하거나 다른 곳에서 고통을 받는 것, 이 두 가지 지점 중 하나에 이를 때까지 연기가 나뭇가지 사이로 흐르듯 번민 속에 삶을 관통

하는 것뿐이라고. 엄마는 선함과 베풂, 부의 보물 상
자를 채우듯 축적해가는 친절 등 다른 교의에 대해서
도 말했다. 이때는 나를 보고 이야기했고, 나는 엄마
가 내가 공감하고 엄마를 따르길 바란다는 걸 알았지
만 창피하게도 내가 그럴 수 없고 그보다 더 낯뜨겁
게는 그런 시늉조차 할 수 없음을 깨달았다. 대신 나
는 손목에 찬 시계를 보며 곧 교회가 문을 닫을 시간
이라고, 이제 그만 가는 게 좋겠다고 말했다.

　내가 계획한 그날의 다음 여정은 숲과 마을과 한때
제국의 도시들을 잇던 산을 지나며 오래된 길을 따라
걷는 것이었다. 하지만 머지않아 이게 불가능함을 알
아차렸다. 그 주 내내 비가 내려 흙길이 질척할 터였
다. 내 부탁에도 엄마는 등산화를 챙겨 오지 않았다.
그래도 같이 산길을 걷자고 밀어붙이고 싶었지만, 그
건 잔인하기까지 한 일이라는 걸 곧 알아차렸다. 엄
마의 얼굴은 마지막 본 때와 달랐다. 엄마는 늘 젊어
보였는데, 그 앳됨이 내가 품은 엄마의 상과 밀접히
연관돼 있음을 이제 알 수 있었다. 그럼에도 여행 중
간중간에 엄마의 옆모습을, 피곤해하거나 쉬고 있는

COLD ENOUGH FOR SNOW   JESSICA AU

『눈이 올 정도로 추운지』에는 엄마와 딸이 도쿄, 오사카, 교토를 여행하며 함께한 시간이 담겨 있습니다. 저녁 거리를 걷고, 비바람을 피해 조그만 식당에서 식사하고, 미술관과 사찰, 중고 서점에 방문합니다. 그 사이사이로 두 사람의 대화, 화자인 딸의 기억과 상념, 상대에게 가닿으려 하나 실패할 뿐인 옅은 낙담과, 그럼에도 그 마음을 이어보려는 애씀의 시간이 고요히 교차합니다.

어떠한 것도 쉽게 규정하지 않으려는 듯 끝없이 흐르는 상념의 문장들엔 타인의 목소리와 표정을 하나하나 눈에 담으려는 화자의 태도가 그대로 스며 있습니다. 그렇기에 엄마를, 과거 기억 속 수많은 타인을, 삶을 이해해보려는 그 마음을 읽는 이 또한 그대로 따르게 됩니다.

'같이'라는 말과 함께, 앞으로의 시간을 믿기보다는 불신하지 않으면서, 희망을 쥐기보다는 절망을 저버리면서 진솔히 대화하고 눈을 맞추려는 화자의 마음이 계속됩니다. 문장의 속도, 상념의 속도와 포개지는 유려하고 단정한 시간의 흐름을 함께하시기를 바랍니다.

—엘리로부터

옆얼굴을 바라보며 이제 엄마도 할머니임을 깨달을 때가 있었다. 그러다가 마찬가지로 순식간에 다시 이 사실을 잊었고, 어린 시절 내내 지녔고 이상하게도 고정되어 있는 엄마의 상과 동일한 모습밖에 보지 못하다가 며칠 뒤 다시 그 상이 깨지는 경험을 되풀이했다. 나는 엄마만 괜찮다면 대안으로 나 혼자 산길을 걷고 오겠다고, 그러면 한나절과 하룻밤을 떨어져 보내게 될 텐데 그동안 엄마는 역과 지척인 작은 전통 여관에서 지내면 된다고 말했다. 큰 도시지만 일정 반경 안에 머무는 한 멀리까지 나가지 않고도 볼거리는 충분히 찾을 수 있을 거라고. 나는 전철을 타고 좀더 갔다가 내일 아침부터 엄마가 있는 방향으로 걷기 시작해 저녁 무렵 돌아오겠다고 했다.

여관에서 옷을 챙겨 부피를 최대한 줄이려고 돌돌 말아 작은 가방을 쌌다. 캠핑용 가스버너와 큰 물병 한 통과 가벼운 우비를 챙기고 나머지 짐은 엄마에게 맡겼다. 내가 떠나기 전에 같이 차를 한잔하겠느냐고 엄마에게 물었고, 우리는 검은 무쇠 찻주전자를 가운데 놓고 바닥에 앉았다. 찻주전자는 무겁고 뜨거웠고 들어올리거나 부을 때 느낌이 좋았다. 방에서 연기와 갓 태운 밥 냄새가 났다. 나는 전날 엄마가 선함에 대해 한 얘기를 좀더 생각해봤다고 말했다. 내가 처음 일했던 곳을 기억하느냐고, 강 근처 교외 주택지에 있는 중식집에서 대학 첫해 때 아르바이트를 했던 걸 기억하느냐고 물었다. 아름답기도 하고 실은 한때 유명했던 식당이었는데, 그 무렵에는 다소 연식이 느껴졌지만 그래도 어둑한 조명으로 은은하게 밝힌 방과 어둡게 광을 낸 바닥에 과거의 기운이 여전히 서려 있었다. 식당에서 일어나는 모든 일은 일정한 격식과 일정한 무게감과 정확도를 갖추고 이루어져 뜬 세상을 만들려는 의도인가도 싶었다. 종업원 유니폼은 검은 앞치마와 검은 신발, 상아색 셔츠로, 셔츠에는 싸개 단추가 달리고 옷깃은 한때 극동이라고 불리던 곳을 어렴풋이 상기시킬 정도로만 나지막하게 세워져 있었다. 우리는 매일 밤 가볍게 화장을 하고 머리를 위로 틀어 묶도록 지시를 받았고, 나는 교대를 앞두고 늘 조심스럽고 정확하게 지시를 따랐다. 다른 종업원들은 모두 이삼십 대 초반의 여자로, 당시에는 도달하지 못할 두드러지는 어른스러움을 지닌 것으로 보였다. 우리 모두 열심히 일하리라는, 식당의 평판을 진지하게 여기리라는 기대가 있었던 것으로 기억한다. 명성이 믿음만 따라주면 조금이라도 더 오래 버틸 종교나 신앙이라도 되는 듯이.

　나는 엄마에게 당시 내 남자친구도 혹시 기억하느냐고, 그 친구도 나처럼 학생이었고 나와 같은 강의를 들었다고 했다. 여자 형제가 하나 있는 것도 나와 같았고, 본인이 딱히 언급한 건 아니었지만 그가 어린 시절을 가난하게 보냈다는 걸 두루뭉술하게나마 알고 있었다. 그는 성실했고 조각 같은 얼굴이 지나치게 앳돼 보였지만 나이가 들수록 더 보기 좋게 변할 얼굴이었다. 공부도 늘 열심히 했고 규칙적으로 헬스장에 갔으며 나를 거슬리게 하는 면이 전혀 없었는데, 그럼에도 나는 우리가 근본적으로 낯선 사이라고 느꼈다. 그 친구도 나한테 너 좀 별나다고 애정 어린 말투로 말할 때가 종종 있었고, 한번은 지나가는 말로 식당 일을 지나치게 진지하게 생각하는 것 같다고도 했다. 난 동의하지 않았지만 그 순간에는 반박하지 않았다. 당시 나는 모든 걸 진지하게 여겼다. 공부를 열심히 한 건 보다 고차원적인 목적에 이바지할 거라고 진심으로 믿었기 때문이었고, 일정한 엄격함이나 방식에 따라 사는 삶에 호감을 느꼈다. 일평생 딱 한 가지에만 통달하고 싶었다. 식당에서 일할 때도 마찬가지였다. 교대를 시작하기 전이면 언제나 실핀으로 머리를 단단히 고정시켰다. 그러고 싶어서는 아니었고, 다만 이런 우아하고 엄정한 스타일이 어쩐지 우리의 역할, 즉 매 순간 자제하며 능숙하게 대처하는 역할과 잘 어울린다고 여겼기 때문이었다. 마찬가지로 식당에 있는 동안은 내가 여러 소소한 방식으로 평소와 다르게 행동하고 있음을 깨달았다. 식당 문을 넘는 행위가 나를 뭐든지 투과하고 입도 벙긋하지 않는 사람으로 바꿔놓은 듯이. 그리해 나는 효율적이고도 우아하기 위해 노력을 집중하며 내 몸짓과 목소리, 얼굴 표정 하나하나 의식했고, 일을 하다가 우리가 혹시나 쟁반을, 그릇을, 가득 담은 유리잔을 떨어뜨린다면, 그건 순간적인 부아나 항의로 고의로 깨는 것과 다를 바 없이 끔찍하리라는 걸 내내 생각했다. 식당에서 이따금씩 대규모 연회가 열릴 때면 우리는 얼음과 해산물을 올리고 아이처럼 무턱대고 집어먹고 싶은 꽃모양 채소 고명으로 장식한 길쭉한 나무배를 이리저리 날라야 했다. 무게가 많이 나가 여간 어려운 일이 아니었지만, 발가락에 온몸의 체중을 싣고도 고통을 내색하지 않는 발레 무용수를 마음에 그리며 쉬운 일처럼 보이도록 애썼다. 남자친구는 내가 산속 절간에 앉아 매일같이 바닥 먼지나 쓸고 닦으며 시간과 노동의 성질, 더러운 표면과 깨끗한 표면의 차이 혹은 절대적 동일성을 고찰하는 임무만 줘도 행복해할 사람이라고 자주 농담 삼아 이야기했다.

어릴 때만 해도 규칙적으로 하던 수영을 다시 시작한 것도 이맘때였다. 식당 근처에 지역 문화 센터와 공원과 50미터 옥외 수영장이 있었다. 레오타드처럼 생긴 가장 단순한 검은색 수영복과 물안경을 사고 회원권을 끊었다. 처음에는 힘들었다. 어릴 땐 거의 본능적이었는데 그사이 내 몸이 수영하는 법을 잊었다는 사실을 믿을 수 없었다. 그래도 노력을 들이자 차츰 모든 게 돌아왔다. 매주 세 차례, 궂은 날도, 피곤한 날도, 시험 기간에도 빼먹지 않고 수영장을 찾았다. 물바닥에 육모꼴로 빛이 번지는 날이면, 해와 잔디와 더없이 맑은 물이 어우러지는 이곳의 아름다움을 능가할 곳이 있을까 싶었다. 또 마음 상태에 따라서는, 유난히 집중이 잘되고 긴장이 풀린 편안한 때면 딱히 수고를 들이지 않고도 비행하는 기분에 근접할 정도의 속력으로 물속을 헤쳐 갈 수 있었다. 그런 날이면 수영을 마치고 돌아오는 길에, 정원과 나무마다 꽃이 피고 오솔길은 날빛으로 환한 가운데 나를 사로잡는 것이 있었다. 내 몸이 나의 것이라는 감각, 힘있고 햇볕에 그을린 내 몸이, 내가 열심히 애쓰는 한은 내가 원하는 뭐든 될 수 있을 것 같은 기분. 이어 세계가 거대한 깔때기처럼 활짝 열렸고, 땅에 발을 딛고 있던 내가 나무 잎사귀 틈과 그 너머 하늘로 솟아오르는 감각이 몸에 충만했다. 그런 순간이면 나는 아무것도 생각하지 않거나, 뭐라고 이름 붙일 수 없는 생각을 했다. 이런 순간이 지속하는 적은 없었다. 느닷없이 닥친 만큼 느닷없이 사라졌고, 그 급작스러움 때문에 실제로 일어나기나 한 건지 확신할 수 없었다. 그리고 이만 가던 길을 다시 가야 했다.

수업에서 남자친구를 처음 만나고 얼마 지나지 않아 그는 내게 영화를 좋아하느냐고 물었다. 좋아한다고 하자 다음에 영화를 몇 편 빌려주겠다고 했다. 그 다음주 강의 시간에 그는 비닐봉지를 가져와 건넸는데, 애써 포장한 선물을 다루듯 봉지 아랫부분을 손으로 받친 모습이 조심스러웠다. 봉지 안에는 디브이디가 여러 장 들었는데 대부분 액션 영화에 로맨스물 몇 개가 섞여 있었다. 고전은 아닌데 개봉한 지 몇 년은 된 영화라 조금 철 지난 느낌과 어쩐지 충분히 묵지 않은 느낌이 동시에 들었다. 나는 고맙다고 했지만 사실 그런 영화에는 별 관심이 없었고 그래서 디브이디를 어째야 좋을지 몰랐다. 결국은 봉지째 가방에 담았지만 다시 꺼내지도 않아서, 내가 가는 곳마다 봉지도 같이 갔다. 한 주 정도 지나 나는 보지도 않은 디브이디를 반납했다. 남자친구가 재밌게 봤느냐고 묻기에 어떻게 대답해야 좋을지 몰랐는데, 그의 표정을 보곤 그렇다고 거짓말을 했다.

사귄 지 일 년 정도 되었을 때 남자친구는 소문난 프랑스 식당에서 저녁 식사를 하자며 테이블을 예약했다. 졸업하면, 졸업해 드디어 제대로 돈을 벌기 시작하면 고민할 것 없이 늘 들락거리리라고 말하던 종류의 음식점이었다. 나는 원피스를 새로 샀고 식당 일을 하루 쉬기로 하고는 집에서 나갈 준비를 했다. 머리를 손질하고 있는데 그날 식당을 찾은 손님이 내 휴대폰으로 문자를 보냈다. 처음에 난 문자를 이해하지 못했고 실수거나 누군가 번호를 잘못 입력한 거라고, 또는 내가 문자 내용을 잘못 읽은 거라고 여겼다. 어디에서 온 건지, 그러니까 발신자의 정체를 알아차리는 데도 시간이 걸렸다. 식당에서 당번을 설 때마다 여러 손님을 보기 마련이었고 손님을 응대할 때면 나는 온전히 그 순간에 집중했지만, 마찬가지로 손님이 떠나면 그에 맞먹는 온전함으로 그 손님을 잊었다. 물론 행동이 조금씩 달라지기는 했다. 얼굴이나 동작을 필요에 따라 미세하게 바꾸었고 그런 점에서 사진가 앞에서 자세를 취하는 피사체가 빛의 각도나 위치에 세심하게 반응하는 격이었다. 손님이 대화를 원하면 나는 관심을 보였다. 주의깊게 이야기를 들었고 적당한 주문을 하는 방향으로 자연스럽게 이끌며 간단한 몇 마디로 응수했다. 손님이 간여를 원치 않으면 그에 따라서도 역시나 차분하고 신속히 대처할 줄 알았다. 시중보다 격식에 방점이 찍힌 방식으로 손님 앞에 놓인 그릇과 접시 외 식기를 거둘 수 있었고, 이로 인해 한 사람이 다른 한 사람을 뒤치다꺼리하는 것에 다름 아닌 업무 특유의 극심한 고통이 누그러졌다. 그 남자 손님은 이른 시간에 식당을 찾는 편이어서, 아직 식당 내부가 차분하고 거의 준비 단계일 때 나타나곤 했다는 사실이 기억났다. 그는 늘 식당 내부가 한눈에 보이는 구석자리에 앉았다. 대개 혼자 식사를 하러 왔으나 그러는 걸 여전히 불편해하는 티가 났다는 것도 기억났다. 다시 말해 그는 항상 대화를 하려 들었다. 대화 중에 자기가 사업가고 독자적인 성공을 거두었다는 암시를 했던 것도 같았다. 그 외에는 딱히 기억나는 것이 없었다.

프랑스 식당 앞에서 만난 남자친구도 한껏 신경 쓴 차림새였다. 흰 셔츠와 검은 바지 복장이 내가 일할 때 입는 유니폼과 비슷하기도 했다. 우리는 식당에 들어 자리로 안내됐고 메뉴를 건네받았다. 식탁 너머에서 와인 리스트를 훑어보는 남자친구의 옆모습이 비싼 손목시계 광고의 한 장면 같았다. 남자친구가 이 밤을 이미 성공으로 여기고 있음을 알 수 있었다. 이로써 그는 본인이 느끼기에 낭만적인 일이자 마땅하고 좋은 일을 한 셈이고, 식사에 들이는 비용보다도 바로 이 사실이 그가 내게 주는 선물이었다. 이건 하나의 선보임이었고, 그로 인해 그의 마음속에서나마 우리 두 사람은 보다 높은 단계로 함께 이동,

곧 진전한 것이었다. 빗자루가 돌멩이 두 개를 제 앞으로 쓸며 나아가듯이. 나로서도 일면 행복하게 여길 일이라는 생각이 들었다. 내가 주문한 요리는 아무래도 잘못 선택했다 싶었는데, 남자친구가 맛이 어떤지 물었을 때는 이게 음식인가 싶을 정도로 맛을 가리고 덮어버린 점에서 정직하지 못한 요리라 본다고 말하지 않았다. 나는 이 식사를 즐기는 게 얼마나 중요한지, 적어도 즐기는 것처럼 보이는 게 얼마나 중요한지 의식하고 있었다. 내가 열심히만 애쓰면 그 수고가 진정한 행복이 되고 이런 생각도 드디어 끊어낼 수 있을 거라고 스스로에게 되뇌었다. 디저트가 나왔다. 브랜디를 끼얹어 불을 붙이는 플랑베 종류였다. 우리는 숟가락으로 겉의 머랭을 깨뜨렸고, 속에 든 내용물이 어찌나 달고 설탕 범벅이던지 먹는 즉시 졸음이 밀려왔다. 삶에 있어 최선은 욕망받는 것이라고, 내가 욕망하지 않더라도, 나를 욕망하는 사람이 딱히 마음에 들지 않더라도 나만은 욕망의 대상이 되는 게 최선이라는 가르침을 어떤 경로로든 받아왔다는 생각이 들었다. 이걸 내가 어디서 배웠는지는, 그때는 미처 알지 못했다.

남은 학기가 낯익게 펼쳐졌다. 나는 수영을 했고, 도서관에서 남자친구와 같이 공부했다. 강의를 들었다. 언니는 시골의 병원에서 현장 실습 중이었는데 그런 언니가 간간이 집에 돌아올 때면 같이 차이나타운에 갔고 학창 시절 함께 했던 일들을 했다. 자갈 깔린 골목길 식당에서 매콤한 만두를 먹었고 어둡고 선선한 영화관에서 옛날 무술 영화를 봤고, 옆 가게에서 값싼 하드를 사 먹었다. 식당에서는 늘 해오던 대로 세심하고 주의깊게 일을 했고 테이블을 세팅하고 단체 방을 준비했다. 그 손님이 식당을 찾는 날에 마침 그쪽 당번을 맡은 경우는 예전처럼 그에게서 주문을 받았고 그러면 그 손님도 아무 일 없었던 듯이 예전처럼 한담을 늘어놓았다. 우리 중 누구도 그가 내게 보낸 여러 통의 문자 메시지의 존재를 끝내 언급하지 않았다. 하지만 물론 알고는 있었다. 어느 날은 내가 시험 공부를 하느라 식당 일을 얼마간 쉬고 있던 때에, 요즘 들어 통 못 본 것 같다며 괜찮은 거냐고 문자를 보냈다. 또 어느 날은 자기가 이혼한 사실과 나도 식당에서 한 번 본 적이 있는 어린 아들을 언급했고, 지나는 말로 자기 배우자가 중국 사람이라고 알렸다. 최근에 자기가 그림을 그리기 시작했다고 말했고, 어감은 겸손했지만 어쩐지 내가 자기 재능을, 적어도 자기의 잠재력을 인정해주기를 바란다는 느낌이 들었다. 언젠가 잠깐이었지만 내 공부와 관련해 우리가 예술인가 문학인가 영화에 대해 대화를 나누었던 기억이 났다. 나는 매니저에게 식당 직원 중 누군가가 내 전화번호를 알려준 건 아닌지 물었고, 매니저는 무슨 해괴한 소리냐는 듯이 나를 보았다. 매니저는 내가 일을 열심히 하고 있고 식당 주인들이 날 좋게 본다고, 그리고 학위가 잘 진행 중이길 바란다고 말했다. 나는 내게 일어나고 있는 일에 대해 아는 사람이 그 남자와 나 둘뿐이라는 사실이 얼마나 이상한지 생각했고, 무슨 이유에서건 그 순간 내가 가장 중요하게 여긴 단 한 가지가 아무 일도 일어나고 있지 않은 듯 행세하는 내 능력뿐이었다는 사실의 이상함을 생각했다.

남자친구가 시내에서 가장 큰 미술관에서 열린 회화 전시에 함께 가자고 했다. 우리는 하루 날을 잡고 강의가 끝나자마자 노면전차를 타고 시내로 향해, 분수에 둘러싸인 어두운 석조 건물 안으로 사라져 들어갔다. 넓게 트인 내부 공간마다 인산인해였다. 천장 일부가 유리로 되어 있어 서늘한 흰빛이 쏟아졌다. 나는 피곤했고 조금 지루하기도 했는데, 어쨌거나 우리는 매표소에서 표를 끊고 휴대품 보관소에 배낭을 맡긴 후 폭이 좁은 에스컬레이터를 타고 위층으로 향했다. 처음에는 남자친구와 내가 작품 앞을 함께 지나쳐 걸었고, 그는 연신 작품에 감탄하며 아름답다고 말했는데 자기가 그러는 이유는 정작 정확히 모르는 눈치였다. 일렬로 늘어놓은 진주를 감정하는 경우가 떠올랐고, 진주야 당연히 본래 아름다우니 단순히 그렇다고 말하는 건 별 의미가 없다는 생각이 들었다. 잠시 뒤에 나는 결국 남자친구를 앞지르기 시작했고 그렇게 모네의 그림이 걸린 방에 들어섰는데, 그게 며칠 전에 엄마와 본 바로 그 그림이라고 나는 엄마에게 말했다. 잠시 숨을 고르며 나는 우리 사이에 놓인 주전자를 들어 엄마와 내 잔을 다시 채웠는데, 사실 엄마는 그사이 한두 모금이나 마셨을까 싶을 정도로 잔이 그대로였고 내 잔만 비어가고 있었다.

  나는 모네에 대해서라면 아는 게 별로 없다고, 학생이던 그때도 그랬고 지금도 여전히 그렇다고 말했다. 그가 그림을 그리던 시기에 대해서도 잘 몰랐고 그가 개척한 유명한 기법에 대해서도 잘 몰랐다. 하지만 남자친구와 시내 미술관을 찾은 그날 그 순간, 아련한 빛과 들판에 놓인 건초 더미의 모양을 보며 이해한 게 있었다. 그 그림들이 시간에 대한 그림이라는 생각이 그때 들었고 지금도 그렇게 생각했다. 화가가 두 개의 시선으로 들판을 바라보는 것만 같았다. 첫째는 젊음의 시선으로, 풀 위에 깃든 새벽 분홍빛에 잠에서 깨어나 그가 전날 한 작업과 앞으로 해야 할 작업 모두를 가능성을 품고 바라보는 시선이었다. 두 번째 시선은 나이가 있는 사람의 시선, 어쩌면 그 그림들을 그리던 모네의 나이보다 연륜이 지긋한 시선으로 같은 풍경을 바라보며 예전에 느꼈던 그 감정들을 기억하고 다시 붙잡으려 시도하는, 그러나 그사이 지니게 된 필연성의 감각이 풍경에 스미는 걸 막을 길 또한 없는 시선이었다. 그 그림들을 보며 책을 읽거나 노래의 한 소절을 듣다가 간간이 느끼는 기분이 슬며시 들었다. 수영을 다시 시작한 이래, 수영장에서 집으로 걸어가는 길에 경험한 오후와 세계의 광대함과 너무 닮아 있었다. 이런 걸 잘만 연결하면 진정한 깨달음으로 이어질 것 같았다. 그때 남자친구가 다가오더니 다른 작품과 마찬가지로 이 그림에 대해서도 평을 했다. 나는 아무 말도 하지 않았다. 대신 우리가 서로 늘 친절히 대하고 사귀는 동안 다툰 적도 의견의 불일치를 내색한 적도 없음을 상기했다. 태도가 온화하다는 말을 내가 자주 들어온 점과, 식당 손님이 간혹 팁을 남기며 직원에게 종업원의 우아함, 나긋나긋한 목소리, 손님의 편의를 배려하는 자세를 칭찬하는 점도 떠올렸다.

식당이 연중 가장 바쁜 철로 손꼽는 어느 날 저녁이었다. 안쪽 방까지 꽉 차고 다른 자리도 만석이었다. 그날 나는 다른 한 사람과 연회실 서비스를 맡았다. 연회가 있는 날은 짝을 이루어 방대한 세트 메뉴를 매끄럽게 총괄해 지휘해야 했다. 이런 때는 한 코스가 끝나자마자 신속하게 그릇을 거두고 다음 코스를 내가야 해서 빠르게 움직여야 했고 그릇과 색깔의 조합을 정확히 기억해야 했다. 동시에 시간에도 주의를 기울여 주방에 오더를 넣을 때 타이밍을 잘 파악해야 했다. 너무 일찍 넣으면 코스가 서로 충돌하며 흐름에 지장을 주고, 너무 늦게 넣으면 허기를 느낀 손님들이 들썽거리기 시작했다. 저녁이 절반쯤 경과했을 때 친구와 함께 와 식사 중인 그 남자 손님 자리를 지나야 했는데, 그가 잠깐 멈춰보라고 손짓을 하자 못 본 척 지나칠 셈이었음에도 나도 모르게 멈춰 섰다. 그는 맥주를 하나 더 주문했고 나는 테이블에 놓인 빈병을 챙기고 주문서에 새 주문을 기입했다. 그가 떠들 동안 나는 그가 처음 식당에 왔던 때를 떠올렸던 걸로 기억하는데, 어쩌면 그때가 그 사람이 이혼을 한 무렵인지도 모르겠고 어찌되었건 그당시 자기 사업과 그림에 대해 얘기하고 싶어 안달이었다. 그때 내가 어떤 말을 하고 어떤 행동을 했는지는 기억나지 않았지만, 그를 측은하게 여겼던 건 기억났다. 어쩌면 연민에서 미소를 지어 보였는지도, 몇 마디 짧은 말이나마 건넸는지도 모르겠다 싶었다. 그 남자가 내가 뜻한 바의 정반대로 받아들인 말을. 남자는 식당이 한창 바쁜 걸 보고도, 내가 그만 가봐야 하는 걸 보고도 이야기를 장황하게 늘어놓았다. 그 옆에서 남자의 친구는—한 번도 본 적이 없는 사람으로 남자와 신체적이라기보다는 감정적으로 닮아 있었다—아무 말 없이 가끔 웃기만 할 따름이었고 맥주로 분홍색이 되어가는 얼굴을 하고는 흥미진진한 연극을 보는 관객처럼 계속 우리를 지켜만 보았다. 나는 빈병을 들고 이야기에 귀를 기울이는 내내 식당 뒤쪽에 혼자 남은 동료와 그가 혼자 곡예를 하듯 쌓고 내놓고 치우고 있을 그릇과 내가 놓치고 있는 다른 주문을 생각했다. 이 남자가 내 행동과 내 감정의 차이를 구분하지 못하는 실정이 도무지 납득되지 않았다. 더욱이 그쯤 되자 맹렬하다 못해 순수한 지경에 이른 내 여러 감정이 걷잡을 수 없는 열기처럼 뻗어 나가고 있었다. 남자가 드디어 말을 멈췄고, 나는 주방으로 돌아가 빈병을 분리수거함에 넣었다. 그때 느낀 감정을 당시에는 설명할 길이 없었는데, 그 사람이 내게서 무언가를 앗아간 기분이었다. 수영장에서 홀로 누리는 행복감과 맞닿는 무엇, 그 그림을 보며 느낀 기분의 언저리에 있는 무엇을. 이런 것들은 소중했고 내게는 아직 신비였는데, 이제 그로부터 내가 더 멀어졌음을 알 수 있었다. 머리카락을 귀 뒤로 넘기고 행주와 쟁반을 챙기러 무릎을 꿇었다. 다시 몸을 일으켜 연회실로 돌아가 그사이 일이 심하게 뒤처진 걸 확인하고는 서둘러 거들기 시작했다.

전철이 역을 떠나자마자 안도감이 밀려왔다. 숲을 걷고 나무 사이를 거닐고 싶었다. 누구와도 말하지 않고 오로지 보고 듣고 외로움을 느끼고 싶었다. 전철이 밭과 농장, 비닐 온실과 소박한 횡단보도 들을 지났다. 거기서 조금 더 간 곳에서 하차해 편의점에 들러 과일과 해초 주먹밥, 차와 크래커를 샀다. 그런 뒤 산을 오르는 버스를 타고 등산길 초입까지 갔다. 하룻밤 자고 오전에 온 길을 되돌아갈 예정이었다. 여관까지 걸어가는 길에 숙소에서 멀지 않은 곳에 목욕탕이 있는 걸 본 터라, 짐을 방에 부리고 수건만 챙겨 다시 길을 내려갔다. 늦은 오후였고 걷는 내내 차 한 대도 보지 못했다. 목욕탕은 흙길 끝에 선 목조 건물이었다. 주위로 녹색 숲이 짙게 드리우고 진탕과 마른 흙과 낙엽이 땅을 뒤덮었다. 탕은 깊고 물은 뿌옜다. 나는 씻고 머리카락을 틀어 수건으로 감싼 뒤 탕에 들어갔다. 벽은 묵직한 돌이었고 나무 바닥은 젖어 반들거렸으며 길쭉한 널조각은 긴 시간 검게 물든 채 그 자리를 지킨 것으로 보였다. 다른 사람은 없었고 내가 머무는 내내 아무도 오지 않았다.

밖은 어두워지고 있었다. 창에서 반사된 흰빛이 두 갈래로 나뉘어 길게 늘어진 직사각형 모양으로 수면에 드리웠다. 나는 학생 시절 수영장에서 보낸 나절과 군살 없이 길쭉하게 여겨지던 몸의 느낌을 생각했다. 수영을 배운 적이 없는 엄마를 생각했고, 어린 시절 인근한 충돌구 호수를 카약으로 오가던 로리를 생각했다.

올해 초반에 우리는 함께 다른 도시로 이사를 했고, 우묵한 그릇을 닮은 해만 근처에 집을 샀다. 그 집에서 이제 한 번의 겨울을 난 것이었다. 짧은 낮, 처음 겪어본 강풍, 하지만 아직 모든 게 새로웠다. 가끔은 우리가 이제 막 고원에 당도해 마침내 쉴 곳을 찾았음에 말을 잃고 경이에 차면서도 조금은 멍해진 등반가들 같았다. 나는 그 집에서 맞는 아침을 떠올렸다. 레인지 위 커피 주전자 소리, 샤워기 물소리, 마루 위를 오가는 부츠 소리 등등 로리가 일하러 갈 준비를 하는 소리를 들으며 나는 대개 좋았다. 고양이가 침실에 들어오면 탑탑 보드랍게 바닥을 딛는 소리가 먼저 들리고, 이어 내 가슴에 올라와 앉는 몸의 무게와 내 목구멍 안까지 진동이 전해지는 깊디깊은 골골송이 느껴졌다. 나는 그 집이 좋았다. 앞방에서는 굽이진 만이 보였다. 자잘한 흰색 네모 무늬가 빛바래고 벗겨진 전면을 일렬로 가로지르는 유리문의 잠금장치를 풀고 문을 옆으로 밀면, 처음 몇 달간 빗물처럼 잿빛이거나 물빛 찻잔의 가장자리처럼 창백한 모습을 보여주었던 바다를 내다볼 수 있었다. 방마다 대부분 문이 두 개씩 나 있어서 앞방에서 부엌으로, 복도로, 침실로 둥그렇게 원을 그리며 걸어 지날 수 있는 게 연극 무대 같기도 했다. 어느 방에서건 다른 방의 기미를 항상 볼 수 있는 점이 관람객의 시야를 벗어난 거울 속 무언가를 바라보는 인물화를 떠올리게 했다. 무엇보다도 맨발로 이리저리 돌아다니며 집밖으로 한 발도 내딛지 않는 날들이 그렇게 좋았다. 바닥 카펫은 러시안 블루와도 같은 밀도 높고 낡은 청색으로, 종이를 접어놓은 듯 계단 위에 팽팽하게 깔려 있었다. 부엌의 오래된 마룻장은 보드랍고 따스했고 발이 닿을 때마다 끼익거렸다. 나는 방에서 방으로, 대강대강 정리를 하며 건너다녔다. 바닥에 펼쳐진 책, 찻잔, 신문, 겉옷과 다른 옷가지, 구겨진 채 구석에 박히거나 의자 등에 널린 이불. 잔과 접시를 거두어 부엌으로 가져와 잡초가 자유로이 자라는 자그마한 정원을 내다보며 씻었다. 아니면 행주로 식탁과 선반을 닦고 로리가 언젠가 산에서 들고 온 돌—옆에서 본 남자 코를 닮았고, 로리가 밧줄에 의지해 큰 바위들을 타고 강을 따라 난 산길을 조심조심 지나는 와중에도 결코 손에서 놓지 않았던 돌—을 잠시 들었다 놓았다. 자잘한 변화가 늘 함께했다. 과일 그릇에서 물러진 오렌지, 종이 쪼가리에 적힌 물건 목록. 한번은 오지에서 아주 큼직하고 질긴 갈색 꼬투리를 주워 와 부엌에서도 가장 따뜻한 오븐 근처에 두었다. 어느 날 아침 부엌에 가보니 밤새 꼬투리가 열려 아보카도 핵만큼이나 크고 어두운 씨앗이 드러나 있었다.

또 한번은 정전이 된 탓에 그때까지 풀지 않고 있던 이삿짐 상자를 뒤져 이맛등 하나와 키가 나지막한 초를 몇 개 찾아냈다. 밖에 폭풍이 계속될 동안 우리는 집 이곳저곳을 오가며 지표가 될 만한 곳들에 초를 놓았다. 부엌에 초를 놓고 불을 붙일 때, 잠시 생일 케이크 냄새가 났다. 기억하기에 그날은 간소한 식사를 차렸다. 캄캄한 와중에 시각보다는 촉감으로 토마토 껍질을 벗겨가며. 로리가 전축을 틀어 우리 둘이 느리고 가슴 저미게 춤을 추었고, 고양이는 바닥에 놓인 자기 방석에서 우리를 내내 노려봤다. 식탁에 올린 음식이 잘 보이지 않아 그릇에 담긴 채소의 모양과 질감 정도만 식별이 가능했다. 서둘러 안에 들여온 빨래한 침대보와 시트가 건조대와 사다리와 유리문 위에 드리워져 있었다. 밖에는 여전히 바람이 거세게 불어쳤지만 안은 고요했다. 밥을 먹으면서, 이토록 단순한 것들로부터 이만한 행복을 얻을 수 있구나 곱씹었던 기억이 났다.

4월에 우리는 로리 아버지를 방문하러 먼저 비행기를 타고 북쪽으로 올라간 뒤, 작은 노란색 차를 대여해 몇 시간을 달렸다. 우기가 끝나갈 무렵이라 사방이 우거지고 푸르렀다. 나는 창밖으로 평탄하게 이어지는 길과 낮은 언덕과 폭풍 구름이 몰려오는 장엄한 하늘을 하염없이 바라보았다. 로리가 자란 곳의 풍경이자 짐작하기에 어떻게든 여전히 그의 일부를 이루고 있을 경관이라는 점이 날 매료했다. 로리로서는 십 대 때 떠난 곳에 돌아온 심정이 기쁘기도 기쁘지 않기도 하다는 걸 알았지만, 나는 어쩐지 사적인 영역을 보게 된 기분이었다. 로리가 돌연 어린 소년의 모습으로 돌아간 덕에 그가 오래전에 버린 일면을 보게 된 듯이. 도중에 우리는 운전을 교대하려 차를 잠시 세웠는데, 그때 로리가 푸른 사탕수수 밭 한가운데 선 밝은 노란색 자동차와 그 옆에 선 나를 카메라에 담았다. 이어서 길을 달리는 사이 로리는 자기가 다닌 고등학교와 어릴 때 친했던 친구가 살던 집, 청소년기에 육상 훈련과 경기를 했던 닳은 트랙을 가리켜 보였다. 우리는 완벽한 동그라미에 가까운 원을 그리는 큰 호숫가에 도착했다. 로리는 그 호수가 충돌구에 물이 고이며 생겼고 아무도 그 수심이 정확히 얼마나 되는지 모른다고 설명했다. 십 대에 그 호수를 여러 번 헤엄쳐 건넜고 한번은 첫 여자친구와 친구 카누를 빌려 호수 저편에서 텐트를 치고 야영도 했다고 말했다.

로리 아버지는 내륙에 위치한 넓고 기름진 소유지에 살고 있었다. 기존의 방수 목재 외벽 주위로 집을 증축해 우리가 묵은 여분의 방과 널찍한 난간뜰을 추가했다. 기니피그 우리가 있고, 아침이면 잘라놓은 풀과 암탉들 사이로 수탉 한 마리가 거드럭거리며 울

어댔다. 햇수로는 그리 오래 살지 않았음에도 로리는 어린 시절에서 묻어나는 뿌리깊은 친숙함으로 공간을 오갔다. 방과 방을 자유로이 오가며 자기 소유인 양 물건을 들었다 놓았고, 벽에 걸린 그림 하나하나에서부터 무엇이 어디 있는지 속속들이 알았다. 우리가 묵은 빈방에서 로리는 옛날 사진이 든 신발 상자를 찾아 다섯 살 생일 파티 때 찍은 사진을 보여줬다. 하나같이 해적 차림을 하고 로리의 아버지가 지어준 나무배에 매달린 아이들. 그 배는 이후 수년간 정원에 남아 있었다고 했다. 로리 아버지가 커피와 과일을 내주었고—초록색에 견과처럼 고소한 맛이 나는, 커스터드 크림과 같은 농도를 지닌 과일이었다—부자는 역사가 제법 된 집과 로리의 형제자매와 아버지의 작업에 대해 이야기를 나누었다. 로리 아버지는 나중에 격납고에 데려가 간간이 날리는 경비행기를 보여주겠다며, 우리가 원하고 날씨가 계속 좋으면 기왕 간 김에 한 바퀴 돌고 와도 좋겠다고 말했다.

　다음날 아침 우리는 일찍 일어나 산으로 향했다. 로리가 수영할 수 있는 곳을 안다고 했다. 이른 시간임에도 해가 벌써 뜨거웠지만 로리는 산길로 접어들면 괜찮아질 거라고, 나무 그늘이 해를 막아줄 거라고 했다. 나는 간밤에 충돌구 호수가 꿈에 나왔다고 말했다. 꿈에서 로리는 십 대 소년이었고 나는 당시 그의 여자친구였다. 처음에는 수월하게 헤엄쳐 나갔는데, 절반쯤 가로질렀을 때 내가 갑자기 더는 못 간다고, 계속하지 못하겠다고 말하며 멈췄다. 발 밑으로 수심이 까마득하게 열리는 느낌과—이조차 로리가 수심에 대해 얘기해줘 느낄 수 있는 것이었지만—여기서 멈추었다가는 얼마나 오래 걸릴지 알지도 못한 채 하염없이 가라앉고 말리라 생각했던 것이 다시 생생히 떠올랐다. 그런데 꿈에서 로리가 그런 날 보고 아니라고, 계속 가라고 말했고 그 한마디에 우리는 다시 헤엄을 치기 시작해 마침내 반대 기슭에 다다랐을 때는 밤이 이슥해져 있었다.

곧 산길이 나왔고 로리의 말이 맞았음을 확인할 수 있었다. 머리 위로 수관이 빽빽한 지붕을 이루며 짙고 무성한 그늘을 드리웠다. 길이 굉장히 가팔라 로리가 앞장서 올랐다. 기억하기에 나는 로리의 넓고 자신 있는 보폭을 나무뿌리와 돌을 밟아가며 따라갔다. 로리는 이 길 외에도 다른 산길을 수차례 올라봤고 생각할 필요도 없을 정도로 잘 알고 있었다. 나에게는 이 온 세계가 그러나 아름답고 뿌리깊게 낯설었다. 그렇게 얼마간 가다보니 옆에 강물이 흐르는 소리가 들렸고, 나무 사이로 모습을 바로 드러내지는 않았지만 물소리만으로도 노랫가락을 듣듯 마음이 달래졌다. 로리가 발길을 멈추고 무엇인가를 가리켰다. 오솔길 가운데 나무와 나무를 잇는 거미줄이 매달리고 그 중앙에 거대한 거미가 구슬처럼 앉아 있었다. 우리는 말 한마디 없이 몸을 비스듬히 돌려 거미줄을 피했다. 그렇게 얼마간 더 가니 강이 마침내 나타났고, 곧 로리가 수영할 수 있는 기슭으로 우리를 데려갔다. 그 지점의 강물은 시원하고 맑은 갈색빛이었다. 나는 강모래를 밟고 얕은 곳에 모인 자잘한 물고기떼를 구경했다. 강 반대편에 거대한 절벽이 비스듬히 솟아 있었다. 수면에 드리운 회색 등마루가 어두운 입과 솔기로 가득하고 곳곳이 분홍빛으로 보일 정도로 닳고 헐어 있었다. 물과 만나는 바위 표면은 검은 쪽빛으로 광물질 냄새가 물씬 났다. 로리가 배낭을 열어 아침에 아버지가 키우는 나무에서 땄는지 과일을 꺼내 건넸다. 우리는 아침을 먹고 나서야 옷을 벗고 수영을 했다.

오후에는 로리 아버지가 그가 작업 스튜디오로 쓰는, 골함석을 얹은 큰 나무 헛간으로 우리를 데려갔다. 둘러보는 곳마다 도구와 장비, 비닐 시트가 있었고 식사를 하거나 책을 보기 위한, 좌식 상처럼 낮은 탁자도 하나 있었다. 로리 아버지는 진행 중인 작품을 몇 점 가리켜 보였다. 몇 년에 걸쳐 얼굴을 빚으려 애써도 도무지 성에 차질 않다가 드디어 제대로 잡혔다는 친구의 초상, 여자의 생김새를 추상적으로 구현한 묵직하고도 가벼운 동상. 남자의 얼굴은 어쩐지 뚜렷한 동시에 형체가 없어 보여, 로리 아버지가 무엇인가 불러들이기 위해서 일부러 최소한으로 손을 댄 것처럼 보였다. 두 눈이 있을 곳에 그늘이 져 눈은 뜬 걸 수도 감은 걸 수도 있었고 입술은 다물리고 입꼬리는 내려가 있었다. 로리 아버지는 로리와 마찬가지로 누구에게나 곧잘 사근사근하게 말을 걸었다. 앞서 그가 바위틈에 자란 야생란을 가리켜 보였을 때, 나는 그가 로리와 마찬가지로 세계의 소소한 세부를 분간할 줄 아는, 다른 사람은 지나칠 만한 것을 알아보는 능력을 지녔음을 알아차렸다. 심지어 무의식적으로 또는 자동적으로 그리한다는 짐작이 갔고, 그러다보니 나중에 조각 작업을 하거나 말을 하는 와중에 그 세부들이 어떻게 다시 돌아오는지 본인은 깨닫지 못하는 눈치였다. 또는 훤히 아는지도, 알면서 새 식물을 보살피듯 의식적으로 일구는 건지도 몰랐다.

나는 로리가 찾은 신발 상자를 열고 옆으로 기울여 내용물을 침대에 쏟았다. 사진이 여러 장 더 들어 있었다. 로리와 형제자매들의 아이 때 모습, 갓 헐리어 민숭한 곳을 배경으로 다 같이 해질녘에 흙길을 걸어가고 로리 어머니가 로리인지 여동생인지를 품에 안은 와중에 희멀건 달이 살짝 비치는 장면. 내가 모르는 사람들이 보낸 우편엽서와 신분 증명 면을 도려낸 여권도 있었다. 로리가 그린 물속 물고기 그림도 보였다. 그림에 대해 묻자 로리는 초등학교 때 그린 거라고, 아마도 열한 살이었을 거라고 했다. 내가 말도 안 된다고, 열한 살짜리의 솜씨라니 못 믿겠다고 하자 로리는 자기 어머니가 화가였고 이 집의 벽에 걸린 그림도 모두 어머니 작품임을 다시 상기시켰다.

오후 내내 로리가 아버지 스튜디오에 새 창을 설치한다고 판자를 조심스레 재고 대패로 깎는 사이, 나는 난간뜰에서 책을 읽거나 그런 그를 바라보았다. 로리 아버지가 저녁으로 간단한 그린 카레를 준비해, 우리는 밖에 앉아 하늘이 연보랏빛으로 물드는 가운데 세월이 은빛으로 깃든 나무 탁자에서 새우 껍질을 까가며 밥을 먹었다. 식사를 하는 동안 로리와 아버지는 자유롭게 이야기를 나누었다. 사이클론을 가까스로 피했던 경험, 둘이 함께 다녀온 국토 횡단 여행, 어릴 때 로리와 형제자매들이 벌인 사고와 장난에 대해. 수차례 반복되고 돌아 돌아 전해지는 가운데 온 가족을 거치며 빚어지고 반반히 다듬어진 이야기들이라는 감이 왔다. 이야기를 들으며 로리가 그린 그림과 로리 아버지의 조각과 그 둘이 지닌 생동감을 생각했다. 앞서 나는 로리 아버지에게 작업에 대해 잠깐 물었고 그러자 그는 본인의 작업 과정과 덜어내거나 더하는 방법을 설명했고, 나무와 돌의 특성을 고려해 소재를 고르고 금속이나 청동으로 주조하려 거푸집을 만들기도 한다고 말했다. 나는 질문을 더 하고 싶었고 더 깊이 파고들고 싶었지만, 어쩐지 내가 알고자 하는 바를 적당한 말로 표현할 방도가 떠오르지 않아 그 순간이 지나게 두었다. 로리와 나는 늦은 시간까지 책을 봤고, 그러다 설핏 잠이 들면서 나는 로리가 책을 읽다 말고 속속들이 잘 아는 격의 없는 상대를 바라볼 때 가능한 눈빛으로 나를 바라보고 있음을 감지했다.

다음날 나는 일찍 일어나 아침해를 보며 길을 떠났다. 산은 안개에 잠겨 있었고 걸으면서 보니 가랑비도 내리고 있었다. 방수 덮개를 꺼내 배낭에 씌우고 우비도 꺼냈다. 인적은 역시나 드물었다. 길 가장자리에 바짝 붙어 걷고 있으니, 지나는 차들도 살가운 조심함으로, 놀래고 싶지 않은 동물 대하듯 나를 지나쳤다. 얼굴에 닿는 공기가 서늘하고 촉촉했다. 작은 정원과 주택이 옹기종기 고요한 마을을 걸어 지나고 있으니, 사람들이 밭에서 캔 채소를 건조시키려 바구니에 담아 문가에 내놓은 모습이 보였다. 텅 빈 전철 승강장과 다리, 보이지 않는 수원에서 물이 쏟아져 내리는 방죽을 지났다. 물이 검고 차갑게 흐르다 바위와 만나 하얗고 드세게 부서졌다. 배낭이 먹을거리와 물로 묵직했고 전날 슈퍼에서 발견한 거대한 붉은 사과도 두 알 들어 있었다. 주변은 다 시골길과 농지였다. 땔감을 단정하고 빽빽하게 쌓아둔 헛간을 지났다. 저만치 앞에 밝은 열매가 자라는 나무 몇 그루가 보여 다가가 보니 단감이었다. 갓 맺혀 단단한 감도 있고, 바닥에 달콤하고 눅진하게 퍼진 감도 있었다. 나는 나무를 기웃대며 걸으면서 먹을 잘 익은 감을 몇 알 골랐다. 그리고 다시 로리를 생각했고 로리라면 이 광경과 내 도보 여행을 어떻게 보고 어떤 측면에 대해 말하며 어떤 감상을 밝힐지 상상해보았다. 혼자서는 내 머릿속 생각을 움직이게 할 방도가 없는 듯했다. 그사이 보낸 이메일에서 로리는 여행에서 돌아오면 내 작업실에 걸 나무 선반을 같이 만들자고 썼다. 선반에 화분을 걸어 방을 밀림으로 꾸밀 수 있을 거라고 했다.

머지않아 도로를 벗어나 숲길로 접어들었다. 혼령처럼 높이 솟아 내 귀에는 안 들리는 소리에 맞추어 좌우로 살살 일렁이는 나무가 길을 복도로 만들곤 했다. 흙에서 우물 바닥처럼 서늘하고 기름진 냄새가 났고 곳곳이 젖어 진탕이 된 길은 가파르게 위로 굽이져 이어졌다. 그렇게 강과 자그마한 폭포 두 개를 지났다. 폭포 소리는 빗소리와 거의 분간되지 않았다. 바위에서 흐르는 물은 하얗고 환해 소금 같았다. 나는 아무것도 그리고 아무도 생각하지 않았다. 발치에 놓인 돌 위에 가을 낙엽 빛깔의 아담한 개구리가 앉아 있었다. 오솔길은 여러 마을과 산을 거치고 지나며 굽이굽이 이어졌다. 나는 책 속의 등장인물처럼 숲속으로 사라졌다 나타나기를 반복했다. 언덕 꼭대기 집에서 털빛이 여우와 코요테 사이 어디쯤인 중형견이 꼬리를 구붓하게 세우고 내가 지나는 걸 구경했다. 나는 엄마를 생각했고 언젠가 그러니까 아직 오지 않은 어느 날, 한 번도 보지 못한 엄마 집에 단 한 가지 임무를 위해, 엄마가 한평생 쌓아온 소유물을 정리해 모두 치우고 꾸리러 언니와 함께 가게 될 것을 생각했다. 그 집에서 발견할 온갖 것들을 생각했다. 패물과 사진 앨범과 편지와 같은 사적인 물건도 있겠고, 꼼꼼하고 잘 정돈된 삶의 표지도 있겠지. 계산서와 영수증, 전화번호, 주소록, 세탁기와 드라이어 사용 설명서 같은. 욕실에 있을 반쯤 쓴 향수와 크림이 든 유리병과 용기. 엄마가 매일 치르면서도 다른 사람에게 보이길 그리도 꺼리던 의식의 흔적. 언니는 어김없이 질서정연한 자세로 임하며 간직할 것,

기증할 것, 쓰레기로 처리할 것, 세 가지 더미로 모든 걸 정리하자고 말할 것이다. 난 동의하겠지만 끝내 아무것도 간직하지 않으리라는 걸 알았다. 다만 그 이유가 감상이 지나쳐서일지 부족해서일지는 알 수 없었다.

오후 언젠가 요기를 하고 차를 끓이러 쉼터 아래 잠시 멈췄다. 구급차처럼 붉은 가스통이 달린 작은 버너를 펼치고 불을 켠 뒤 얇은 알루미늄 냄비를 올렸다. 물병을 하나 꺼내 뚜껑을 돌려 열고 통에 물을 부었다. 끊임없이 후두두 떨어지는 빗소리 가운데 김이 피어오르고 물이 끓는 모습이 어쩐지 놀라웠다. 걷는 동안은 몸을 움직인 덕에 따뜻했지만 머리도 스웨터도 어느새 살짝 젖었음을 그제야 알아차렸다. 우비는 오기 전에 중고 가게에서 샀는데, 비가 이렇게 많이 올 거라곤 예상하지 못했다. 이제야 우비보다는 바람막이에 가깝고 비가 조금씩 샐 만큼 얇은 걸 알아차렸고, 게다가 어깨솔기마저 벌어져 있었다. 크게 개의할 일이 아니라고 마음먹었다. 이제 비도 가벼워진 것 같고, 어차피 달리 손쓸 방도도 없다고. 차를 마시고 주먹밥 두 개를 꺼내 먹는데 밥맛이 그렇게 좋을 수 없고 문득 엄청난 허기가 밀려왔다. 크래커와 사과 한 알을 먹었다. 계속 길을 가러 일어나면서 우비의 트임이 더 벌어지는 걸 막으려 배낭끈의 위치를 조정했다.

로리 아버지를 방문한 기간이 끝날 무렵, 우리는 충돌구 호수로 돌아가 카약을 대여해 노를 저어 나갔다. 기억하기에 바람 한 점 없는 날로 수면이 유리 같았다. 혜성이 어찌나 깊게 구멍을 벼렸는지 나무가 물가까지 자라고 수심은 예고 없이 순식간에 깊어져서, 온 호수가 기이하고 다소 인위적일 정도로 완벽히 둘러막힌 느낌을 주었다. 그곳에도 그날 가벼운 비가 내리기 시작했다. 나는 로리가 탄 카약과 그 뒤에 완만한 브이 자로 펼쳐지던 항적을 안내자 삼아 길을 따랐다. 호수의 깊이를 아는 사람이 아무도 없다는 사실과 내가 이 점을 떨치지 못하고 자꾸 곱씹고 있음을 생각했다. 물이 워낙 잔잔하고 가벼운 비가 반대편 기슭을 엷은 안개로 가려서 거리를 파악하기가 어려운 가운데 우리는 멀리 더 멀리 노를 저어 나갔고, 모든 게 꿈처럼 떠다녔다.

로리가 형과 함께 이곳 말고 다른 더 큰 강을 따라

카약 여행을 했던 이야기를 들려주었다. 며칠 걸릴 여행이라 식량과 장비를 세심하게 준비해 꾸리고 카약 두 대에 무게를 똑같이 나누어 실었다고 했다. 강을 따라가다가 어느 지점에서 첫 여울을 만났고 순조롭게 잘 지나쳤다고 로리는 말했다. 그 과정에서 거침없이 반응하던 몸의 느낌과 워낙 재빠르게 이루어지는 통에 생각으로 느껴지지도 않던 생각, 그럼에도 모든 각도와 낙차를 정확히 파악하던 그 감각이 여전히 생생하다고 했다. 그 찰나의 느낌을 만끽하고 있는데 카약이 덜컥 뒤집혔다. 원인은 지금도 몰랐지만 그 지점에서 잔 여울을 지났고, 그런데 정작 몽상에 잠겨 예상도 대비도 못 한 걸 수도 있다고 했다. 뒤집힌 채로 물살이 몸과 얼굴과 머리 주위로 치밀던 느낌과, 그런데도 묘하게 차분했고 이제 어떻게 되는지가만 기다리고 보자는 생각밖에 들지 않았던 기억이 난다고 했다. 그리고 다음 순간 역시나 급작스럽게 몸이 바로잡혔고, 형이 곁에 있었다. 기침과 거친 호흡이 잦아들어 숨을 회복하고 난 뒤, 왠지 모르게 자기도 형도 그 일을 일절 언급하지 않은 채 차분히 가던 길을 계속 갔다고, 수면으로 다시 올라왔을 때 형이 짓고 있던 표정을 봤음에도 누구도 그 일을 시인하지 않았고 여행이 끝날 때까지도 그에 대해서는 한마디도 하지 않았다고 로리는 말했다. 나는 너무 실감이 나서, 너무 끔찍해서 그런 게 아닐까 여겼는데 로리는 아니라고, 자기 생각에는 그 반대 같다고, 그러니까 저희 둘 다 그런다고 무엇 하나 달라지지 않을 걸 알고 또 계속 길을 가고 싶고 계속 가는 것 말고는 다른 수가 없어서 그런 것 같다고 말했다. 그 뒤로도 여울을 몇 차례 지나쳐야 했고, 이미 벌어진 일이 그 사실을 바꾸지는 않았다고. 나는 그 말에 로리의 그림과 로리 아버지의 초상 조각을 떠올리며, 한바퀴 돌아 원점으로 돌아온 것만 같다고 생각했다. 로리 아버지의 조각은 어딘지 모르게 폭포 절벽을, 또는 혜성이 충돌하며 벼린 구멍의 모양을 연상하게 했다. 손으로 만든 게 아니라는 생각마저 들었다. 그보다는 오히려 근거리에서 언뜻 바라본 바위 같았다. 바람이나 비 또는 시간이 딱 알맞게 빚어 완만한 각과 그림자가 설명할 수 없는 과정으로 얼굴을 나타내기에 이른, 그런 만큼, 즉 우발이자 상징이기에 한층 더 놀랍고 아름다운 바위.

어느 날 나는 로리 아버지에게 스튜디오에 다시 들러도 괜찮은지 물었다. 기억하기에 나는 이 말을 언니의 아이들이 내게 뭔가 부탁할 때처럼 별일 아니라는 듯, 그럼에도 종일 고심한 끝에 한 질문임이 묻어나는 방식으로 물었다. 나는 책을 탁자에 두고 혼자 나무 헛간으로 건너갔다. 이른 낮이라 빛이 밝았다. 손으로 얼굴을 가리고 걸었던 기억이 났다. 문에 녹슨 금속 빗장이 걸려 있었지만 자물쇠가 없는 걸 보고 옆으로 밀었다. 헛간 안은 갓 자른 나무 향으로 가득했다. 더러운 유리창 틈으로 내리쬐는 빛발과 그 가운데 휘저어진 티끌을 보며 체호프가 어느 단편에선가 갓 수확해 탈곡한 밀 주위로 이는 공기를 묘사한 대목이 떠올랐다. 초상 쪽으로 향하며 왠지 있어서는 안 될 공간에 침범한 기분이 들었고, 마침내 바라는 걸 얻으려면 서둘러야만 할 것 같았다. 조심스레 비닐 덮개를 거두고 두상을 봤다. 키가 작은 편이라 내 얼굴과 그의 얼굴이 거의 같은 높이로 코와 코, 눈과 눈—뜬 걸 수도, 감은 걸 수도 있는 그의 눈—을 마주했고, 그렇게 우리는 서로를 응시하다시피 했다. 두상을 찬찬히 살피면서도, 혹시 다른 사람이 들어와 내가 준비가 되기도 전에 이 상황을 끝내버리는 건 아닐지 내내 생각했다. 그날 아침에 나는 로리 아버지에게 작업에 대해 더 말해달라고 했고, 그는 유럽에서 받은 교육에 대해, 그리고 예술로 경로를 바꾸기 전에는 수학 교사였다고 알려줬다. 조각이 요구하는 공학 기술과 무게와 평형추, 균형과 비율과 경화 과정에 대해서도 설명했다. 하지만 대화가 끝났을 때 나는 여전히 혼란스러웠다. 내가 정말 알고 싶었던 건 그가 얼굴을 어떻게 빚었는지였다. 얼굴에 인간성을 부여하는 건 정확히 어떻게 하는 건지, 그리고 예컨대 골과 그늘의 균형을 어떻게 그리도 정밀하게 잡을 수 있었는지. 내가 지금껏 만들거나 해온 어떤 것도 이 정도로 생동감을 띤 적이 없었다는 생각이 들었고, 보아하니 나는 알맞은 질문을 던지기에 충분한 지식조차 갖추지 못한 모양이었다. 더불어 떠오른 생각은 우리집 정원에서 로리가 선반기로 나무를 돌리는 모습을 옆에서 바라보며, 나무에 맞는 모양을 찾아가는 과정에서 그가 보이는 확신과 거침없음을 내가 늘 부러워했다는 사실이었다.

산 높은 곳에서 두툼하고 오래된 나무판자를 침목처럼 깔아놓은 곳을 만났다. 그 고도에는 며칠째 비가 계속됐던 건지, 바닥 널에 얇은 말무리 막처럼 푸르고 미끌거리는 게 묻어 있었다. 군데군데 이가 빠진 틈새로 1미터 남짓한 허공이 드러나 있었다. 나는 미끄러지거나 넘어지지 않으려 주의하며 느리게 걸음을 옮겼다. 촘촘한 양치식물과 가늘고 검은 나무 몸통, 갈맷빛 산림을 배경으로 거의 연보랏빛으로 자욱한 안개가 저멀리 보였다. 이따금씩 멈춰서 숨을 돌리며 경치를 구경했다. 장대비 사이로 본 풍경이 옥외 박물관의 어느 고가옥에서 보았던 병풍화를 그대로 옮겨놓은 듯했다. 여러 폭에 걸친 그림임에도 화가는 붓을 최소한만 사용해 드물고 조심스럽게 선을 그렸다. 붓심이 단호하고 또렷하기도, 김이 서리듯 엷게 번져 희미해지기도 했다. 그럼에도 들여다보면 보이는 게 있었다. 산등성, 소멸, 형태와 빛깔이 아래로 영원히 흐르고 있었다.

간밤에 나는 휴대폰 화면을 넘겨가며 도쿄에서 찍은 사진을 다시 봤다. 이런저런 방과 정원 사진과 미술관에서 찍은 도자기 사진이 주를 이루는 가운데 내가 시부야 교차로에 서 있는 모습을 담은 이십이 초짜리 동영상이 있었다. 사방으로 인파가 넘실거리고 머리 위 대형 광고판이 번쩍였다. 신호등 불빛이 바뀔 참이었고, 휴대폰 스피커에서 잠깐만, 잠깐만 서서 웃어봐 하는 엄마 목소리가 들렸다. 아직 도쿄에 있던 때, 하루는 저녁에 샤워를 마치고 나오다가 엄마가 웬일로 산만하게 짐을 펼쳐놓고 침대에 앉아 있는 걸 봤다. 엄마는 겁에 질린 얼굴로 여권을 잃어버렸다고 말했다. 확실하냐고 묻자 짐을 두 번이나 싹 뒤졌다고, 확실히 없다고 말했다. 며칠 후에는 교토로 이동해야 했고 그 뒤에 돌아가는 비행기를 타야 했다. 나는 한 번 더 되짚어보라고, 마지막으로 여권을 본 게 언제였는지 장면을 떠올려보라고 했다. 아직 도쿄에서 하루가 더 남았으니 여기저기 연락을 해볼 수도 있고 갔던 곳을 다시 찾아갈 수도 있다고 했다. 그도 아니라면 영사관이나 대사관에 가야 할 거라고 말했다. 우리의 필요 사항을 표현할 일본어 단어들을 생각해내려 했지만 머릿속이 텅 비었다. 다음 날 우리는 그사이 갔던 곳을 다시 찾았다. 우에노, 히비야, 아오야마, 롯본기. 길거리가 비에 젖어 번들거렸다. 나는 바닥만 보며 걸었다. 여권이 땅에 흘린 귀걸이처럼 길 한복판에서 우연히 찾을 만한 물건이라는 듯이. 그렇게 한참을 돌고서야 우리는 녹초가 되어 호텔로 돌아왔다. 그러고 얼마 지나지 않아 엄마가 숨을 날카롭게 들이쉬더니 안도감이 밀려드는 얼굴로 돌아서며 트렁크의 비밀 주머니에 들어 있던 여권을 꺼내 보였다.

나는 우리가 본 여러 장소 중에서도 엄마가 가장 기뻐 보였던 장소가 지하철역을 연결하는 수많은 지하 통로 어디선가 맞닥뜨린 작은 가게였음을 생각했다. 장갑과 양말 종류를 파는 가게로, 워낙 다량으로 생산되어 저렴한 상품을 할인해 팔았다. 가게는 가판대를 뒤지는 사람들로 복작거렸다. 엄마는 무려 사십 분에 걸쳐 가게를 구석구석 살핀 끝에 집에 가져갈 선물을 한자리에서 다 샀다. 하나씩 꼼꼼히 살펴가며 상대에게 가장 잘 어울릴 물건으로 고르려 고심했고, 그렇게 언니의 아이들에게 줄 밝은 장갑 두 쌍과 내게 줄 장갑 한 쌍을 샀다. 일본에 가면 뭘 보러 가고 싶으냐고 내가 여행 전에 물으면 엄마는 뭘 봐도 기쁠 거라고 종종 대답했다. 한번은 겨울에는 눈이 올 정도로 추운지 내게 묻기도 했는데, 그게 눈을 한 번도 본 적 없는 엄마가 한 유일한 질문이었다.

산에서 지나치게 시간을 끌고 있다는 걸 나도 알았다. 빛은 저물어가고 모든 게 흥건하게 땅으로 흘러내리고 있었다. 그래도 고단함 가운데 달콤함도 있었다. 로리를 떠올리고 로리와 내가 아이를 갖는 것에 대해 나눈 수많은 대화를 떠올렸다. 강사가 예전 언젠가 부모는 자식의 숙명이고, 이는 비극에 있어서뿐 아니라 소소하고도 위력 있는 점에서 참이라고 말한 적이 있었다. 나는 내게 딸이 있다면 그 아이의 삶이 내가 살아온 방식에 일부 좌우되고 아이의 기억이 내 기억을 따를 것이며 이 점에 관한 한 그 아이에게 선택의 여지가 없으리라는 걸 알았다. 우리가 어릴 때 엄마는 일본 우화 선집을 자주 읽어주었는데, 그랬던 건 엄마가 어린 시절에서 간직한 책이 딱히 없어서이기도 했다. 그 책에 나오는 이야기 중에 산 이야기가 있었다. 봉우리에 구름을 두른 산이 있었는데 그 산이 얼마나 아름다웠던지 산 중에서도 가장 위대한 산이 그 구름산을 사랑하게 됐다. 하지만 구름산은 대산에게 그런 감정이 없었고, 그보다 아래 있는 더 작고 나지막한 산을 그리워했다. 이에 충격과 분개심에 휩싸인 대산이 화산으로 분해 폭발했고 여러 날에 걸쳐 연기와 어둠과 고통으로 하늘을 뒤덮었다. 이 이야기에 왠지 모르게 깊은 감명을 받았던 것이 기억났다. 나이 때문이었는지 당시 내게는 아름다운 구름산이 작고 친절한 산에 품은 사랑과, 화산이 되고 만 대산의 고뇌가 인간의 그것보다도 더 사실적으로 다가왔던 모양이다. 걸으면서 그 책에 실린 다른 이야기를 기억해보려 했지만 눈밭에서 죽고 마는 젊은 여자 이야기 외에는 아무것도 생각나지 않았다.

저녁 빛이 창연해지고 기온이 점차 서늘해졌다. 모든 것에서 서서히 멀어지는 기분이었다. 도로변의 양치식물은 어느덧 그림자로 변해 있었다. 더 빨리 걸음을 옮겨야 하고 다가오는 밤을 앞지르려 들어야 한다는 걸 알고는 있었지만, 카약을 타고 호수를 건넜던 날처럼 긴박감을 찾으려야 찾을 수가 없었다. 오히려 나는 느리게, 길을 잃고 헤매던 중에 발 디딘 곳 그대로 누워 잠을 청하면 어떨지 진지하게 고민하는 사람의 기분으로 더디 거닐었다. 오래된 다리를 보고는 가던 길을 멈추고 한번 건너보았고 내리치는 빗물이 부피를 불리고 속도를 붙인 물살을 구경했다. 마침내 희미한 감색 불빛을 밝힌 전철역이 연무 사이로 모습을 내비치듯 밤의 쪽빛 저편에 아스라이 나타났다. 막차가 사십 분 후에 도착할 예정이었다. 나는 상의 소매로 손을 덮고 두 팔로 몸을 감싸고 전철을 기다리려 벤치에 앉았다. 그러다 결국 일어나 자판기에서 사케를 한 병 샀다. 맑고 차가웠고, 첫맛으로 알코올과 애매하게 단맛이 나다가 그조차 증발했다. 시간이 조금 지나자 더이상 춥지 않았고, 대신 엄청난 피로가 덮쳤다. 어쩌면 모든 걸 이해하지 않아도 괜찮고, 그저 보고 보듬는 것으로 충분할 수 있겠다는 둔탁하고 고단한 한 줄기 생각이 스쳤다.

여관에 도착하고 보니 엄마가 방에 없었다. 나는 리셉션에 문의를 했고, 남자 직원은 엄마를 못 봤다고 말했다. 이어 그 객실은 투숙객 두 사람이 아니라 한 사람이 묵기로 되어 있다고까지 말했다. 나는 이 말에 괜히 신경이 거슬렸고, 내 말투에서 그 기색이 묻어나는 걸 느꼈다. 워낙 작은 여관이고 우리 둘 다 바로 전날 체크인을 했다. 그런데 어떻게 투숙객 인원을 기억 못 해? 나는 객실로 돌아가 기다렸다. 앞서 현관에서 신발을 벗으며 빗물이 가득차고 진흙투성이가 되었으며 양말까지 푹 젖은 걸 뒤늦게 알아차렸다. 샤워를 하고 마른 옷으로 갈아입어야 한다는 걸 알았지만, 너무 지친 상태였다. 얼마간 기다리다가 다시 길로 나가 이쪽 방향으로, 이어 저쪽 방향으로 고개를 돌리고 살폈다. 가게와 차량 불빛이 느리게 다가오는 전철처럼 난데없이 들이닥치는 기분이었다. 마침내 엄마가 나타났을 때, 허깨비라도 믿었을 테다. 패딩 옷의 지퍼를 턱까지 바짝 올리고 걸어오는 사이, 입김이 싸늘한 밤공기에 서리며 마지막 길을 떠나는 작은 혼처럼 아담한 구름을 맺었다. 그 뒤로 자동차 머리등이 비쳤다. 나를 알아보는 기색도 없이 아주 느리게 다가와, 나야말로 엄마가 만나기를 꺼리는 혼령인가 싶었다. 두 손에는 슈퍼에서 받은 흰 봉지가 들려 있었다. 밥과 뜨거운 카레 냄새가 훅 끼쳤다. 그제야 나를 알아본 엄마 얼굴에 온기가 가득 번졌다. 왔구나. 우리가 불과 몇 분 간격으로 서로를 놓쳤다는 듯이, 엄마 집에 찾아온 나를 반기며 맞듯이 엄마는 말했다. 어서 와 밥 먹어야지.

그날 저녁 나는 너무 피곤해 선 채로 잠들 지경이었다. 엄마가 카레와 밥을 꺼내 포장을 열었고 우리는 같이 식사를 했다. 내가 씻는 사이 엄마는 요를 펼쳐 잠자리를 준비했고 내가 돌아오자 두꺼운 털양말을 건넸다. 어찌나 크고 밝고 빨갛고 새것인지 보자마자 절로 웃음이 나왔다. 밖에서 바람이 드세게 불며 유리창을 뒤흔들었다. 빗물의 깊은 너울이 불어나고 또 줄어드는 소리를 엄마도 나도 들었다. 태풍이 도쿄로 다가오고 있다는 소식을 휴대폰으로 확인하고는 폭풍우가 귓가를 울리는 사이 잠이 들었다.

다음날 나는 감기 기운을 느꼈고 머리가 무거웠지만 예정대로 체크아웃을 하고 돌아가는 비행기를 타기 전 마지막 행선지가 될 교토행 열차를 타야 했다. 역으로 가는 중에 느닷없이 어린 시절의 맛이 그리워졌다. 달달하고 쌉싸름한 팔각 비슷한 향신료로, 미역처럼 검은 그 뿌리의 맛이 상상 속에서 입을 가득 채웠지만 다른 많은 것과 마찬가지로 이름이 통 기억나질 않았다. 열차에서 엄마가 건네준 휴대폰으로 나는 우리 각각의 별자리에 따른 사랑 운과 주의 사항, 재운과 행운을 모두 아우르는 한 달의 운세를 소리

내 읽었다. 간식 카트가 지나가기에 좀 추운 감은 있었지만 녹차맛 아이스크림을 두 개 사 엄마에게 하나 건넸다. 씁쓸하니 맛이 좋았고 무른 종이컵과 작고 납작한 나무 숟가락을 보니 언니와 내가 어릴 때 엄마가 사주던 그와 똑같은 아이스크림 컵을 엄마가 장 보는 사이 놀이터에 앉아 먹던 생각이 났다. 우리가 매주 그 아이스크림을 얼마나 기대하고 장 보러 가는 날만 되면 그에 따르는 엄마의 수고는 헤아리지도 않고 아이스크림만 떠올리며 신나 했던지 기억했다. 언젠가 로리와 함께 내 검소함에 대해, 배가 고프지 않아도 끼니때마다 남은 음식을 모두 해치우고 뭐든 버리는 걸 못 보는 내 버릇에 대해 농담을 했던 기억이 났다. 당시엔 나도 가세했지만, 나는 그때 로리에게 내가 반복하는 검소함이 실은 내가 아니라 엄마에게서 온 버릇이라는 말을 하지 않았다. 나는 알고 있었다. 일본을 여행하며 받은 표와 책자와 안내서를 엄마가 고스란히 모아 집에 가져가서는 생각날 때마다 소설책이라도 보듯 꺼내 읽어보리라는 걸. 내 조카들이 선물을 풀자마자 포장지를 챙겨 다음에 다른 선물용으로 쓰려고 모아두리라는 것도.

우리가 창밖을 바라보는 사이, 바깥 풍경이 흰색과 회색과 붉은색 가로선을 그으며 지나쳤다. 어느 지점에선가 선로가 해안을 향해 내리달렸고, 곧 폭풍이 지나간 잔잔하고 보얀 물빛 바다를 따라 나아갔다. 엄마가 날 보며 미소 지었다. 우리가 함께 있음에 그리고 말이 필요치 않음에 그저 기쁘기만 한 듯이. 지난 몇 주간 우리는 알맹이 있는 말이라고는 거의 주고받지 않았던 듯했다. 여행이 거의 막바지인데 내가 여행에서 바랐던 바가 이루어지지 않은 것이었다. 나는 일본어를 배우는 과정과, 일본어로 말을 할 때면 여전히 어린애가 된 기분이고 아주 단순한 요구밖에 못 하는 점을 생각했다. 그럼에도 언젠가는 더 많은 말을 할 수 있으리라 꿈꾸며 계속 붙들고 있었다. 서점 직원과 이야기했던 때를 비롯해 내가 문장을 꿰어가며 대화를 해낸 몇몇 순간과, 그때마다 느낀 쾌감과 전율을 생각했다. 그런 순간을 더 느끼고 싶었다. 유창한 말이 내 온몸을 흐르고, 내가 누군가를 알아가고 그 누군가가 나를 알아가는 순간을. 또 엄마의 첫 언어가 광둥어고 내 첫 언어는 영어인 점과 우리가 언제나 그중 한 말만 쓰고 다른 말은 쓰지 않는 점도 생각했다.

엄마가 삼촌에 대해, 새로운 나라에서 보낸 첫 나날에 대해 우리에게 해주었거나 해주지 않은 이야기를 생각했다. 의도적으로 내용을 숨기거나 각색한 건아니었다. 예컨대 나는 삼촌의 심장 질환이나 엄마가난생처음 국제선을 탄 일에 대해, 그리고 홍콩과는까맣게 먼 엄마의 어머니 아버지가 태어난 마을의 이름을 알고 있었다. 하지만 그 너머는 아무것도 없는셈이었다. 엄마는 어머니 아버지부터가 당신들 어린시절을 언급하는 일이 거의 없었고 그래서 거리라는게 비집고 들어선 인생사가 곧잘 그렇듯 매사가 마을 이름 하나로 귀결되었다고 말했다. 나는 오는 길에 비행기에서 본 영화를 떠올렸다. 시간 여행의 비밀을 발견한 과학자가 미래를 방문하게 되는데, 거기서 맞닥뜨린 세상도 본인의 삶도 평소와 너무 다르고낯설어서 도저히 알아보지 못하는 경험을 하는 이야기였다. 영화를 보고 나서 창문으로 눈길을 돌렸다가오종종히 모인 여러 마을의 불빛이 비행길 밑에서 외진 정착촌처럼 빛을 발하던 모습을 본 기억이 났다.어쩌면 언니와 내가 자란 방식이 엄마에게는 그만큼

낯설었던 건지 모르겠다는 생각이 들었다. 어쩌면 시간이 흐를수록, 더욱이 함께 기억할 사람도 없었기에 과거를 환기하기가 점차 더 어려워졌던 건지 모르겠다고. 어쩌면 그 편이 더 쉬웠던 건지도 모르고 그래서 시간이 어느 정도 지나자 이 새로운 방식이 또 하나의 습관으로 자리잡았던 건지 모르겠다고, 아침으로 시리얼을 먹고 다른 사람 집에는 신발을 벗지 않고 들어가고 누구와도 모국어를 쓰는 일 없이 하루하루를 지내는 것과 마찬가지로, 그저 익숙해진 일이 되어버렸던 건지도 모르겠다고 생각했다.

교토에서 몇 주 만에 처음인가 싶게 해가 나왔다. 우리는 해를 향해 절로 얼굴을 돌렸다. 지나간 태풍은 결의에 찬 강풍만을 남겼다. 다음날 아침, 우리는 전철을 타고 높고 울창하고 터키석처럼 푸른 대숲으로 향했다. 숲길은 짧고 붐볐다. 우리 주위로 사람들이 가라테 춉 자세를 취하거나 기모노를 입고 인력거에 올라타고 있었다. 그렇게 정작 존재한 적도 없는 예전 한때의 생활 방식을 흉내낼 수 있으리라 기대하는 것 같았다. 이후 우리는 신사와 정원 몇 곳을 방문했고, 나는 엄마가 나무 함에 돈을 넣고 종을 울린 뒤 손뼉을 치고 기도를 올릴 줄 안다는 사실에 놀랐다.

그런 뒤에 우리는 바람에 맞서 몸을 웅크린 채 기온의 거리를 거닐며 나무문과 가게 앞에서 사진을 찍고 유명한 사찰 인근에 있는 식당에서 덴푸라를 먹었다. 작은 골목에서 우연히 옷가게를 발견하고 엄마에게 들어와보라고 손짓했다. 지붕이 놀라울 정도로 높아 오래된 서양식 외양간이 떠올랐고, 삼나무 향이 은은했다. 옷가지는 금속 선반이나 개별 옷걸이에 걸려 있었고, 천장에 가는 철사로 옷걸이째 매달아두어 손을 대면 눈에 띌 듯 말 듯 찰랑였다. 대부분 옷빛 소재로 되어 있었는데 염료가 얼마나 새까맣던지 예전에 글에서 읽은 물감이 떠올랐다. 어느 예술가가 과학자들과 협업하며 사용한 물감인데 빛을 거의 완전히 흡수한다고 했다. 그러나 이 가게의 옷들은 살펴볼수록 그리 완전하지도 않을뿐더러 별도의 옷감이나 따로 노는 주름과 자락으로 이루어져 있었고, 그래서 어떻게 착용하는 걸지 파악하기가 어렵기도 했다. 어쩌면 올바른 착용법이 애초 없는지도 모르겠다고 나는 생각했다. 그저 이리저리 여미거나 돌려

가며 옷자락이 매번 조금 다르게 떨어지고 늘어지게 두는 건지도 몰랐다. 방 한복판에는 장신구를 모아 둔 장이 늘어서 있었다. 진열된 작품은 부러진 가지나 사막식물 모양을 본떠 주조한 듯 잔뼈처럼 섬세했다. 옷과 달리 검지 않고 고령토처럼 하얬다. 가게 뒷구석에서 보드라운 양모 소재의 검은색 맞춤 정장을 발견한 나는 옷을 빼내 엄마에게 보여주며 입어보라고 부추겼다. 엄마가 탈의실에서 나와 거울 앞에 섰을 때 보니 밋밋하게 마름질한 옷이라는 예상과 달리 갈비뼈 주위로 선이 잘록하게 들어갔다가 골반과 허벅지 위로 살짝 퍼지게 재단이 돼 있었고, 바지는 헐겁고 통이 넓어 프랑스의 퀄로트 같았다. 그 덕에 세심히 전체 모양을 잡아주는 효과가 있어 윤곽에서 부피감이 느껴지는 한국의 한복과 비슷했다. 나는 엄마에게 옷이 잘 어울린다고 말했고, 정말 그랬다. 그런 옷차림을 하니 엄마는 전혀 다른 사람, 장소를 가늠할 수 없는 익명의 사람이 되고도 남아 보였다.

그곳에서의 마지막날, 나는 이나리 문으로 엄마를 안내했다. 날이 다시 흐리고 쌀쌀해 패딩 옷을 챙겨 입고 노점상과 신사가 이어지는 작은 동네를 지나 산으로 향했다. 밤사이 비가 내려 길이 질었다. 나는 엄마에게 조심하라고, 발을 잘 내디디라고 부탁했다. 언젠가 엄마가 내 증조부가 시인이었다고 지나가듯이 말했던 것과 그 세대와 우리 세대 사이에 상실된 많은 것을 생각했다.

걷는 동안 엄마는 내 일에 대해 물었다. 나는 처음에는 대답하지 않다가 잠시 후 옛날 회화 작품 중 상당수에서 펜티멘토라고 불리는 걸 볼 수가 있는데 그건 화가가 의도적으로 덧그리거나 덧칠했음이 드러나는, 먼저 그린 그림의 층이라고 말했다. 특정 사물이나 색깔을 변경하며 남은 작은 흔적일 때도 있고 전체적인 형상, 예컨대 동물이나 가구를 통째로 찾을 때도 있다고 했다. 그런 점에서도 글쓰기는 회화와 같다고 말했다. 이런 방식으로만 우리는 돌아가 과거를 바꿀 수 있다고, 실제로 일어난 대로가 아니라 우리가 바라는 대로, 아니 그보다도 우리가 보는 대로 빚어낼 수 있는 거라고. 그러니 엄마도 책에서 읽는 걸 곧이곧대로 신뢰하지 않는 편이 낫다고 말했다.

산을 오를수록 우리는 인해에서 멀어졌다. 길을 덮

으며 늘어선 기둥 문 아래를 지났다. 붉은색 문도 빛바랜 주홍색 문도 있었고 기둥 아랫부분이 모두 검게 칠해져 있었다. 피로해할 거라는 내 예상과 달리 엄마는 보조를 늦추지 않고 계단을 올랐고 그 자세에서 각오가, 심지어 노여움이 느껴졌다. 엄마는 곧 나를 앞섰다. 나는 여러 번 숨을 돌리려 발길을 멈췄다. 전날 산행으로 다리가 여전히 쑤셨고 머리는 무거웠다. 우리 앞으로 기둥 문이 15도로, 10도로 완만한 곡선을 그리며 꾸준히 이어지고 있는 터라 앞길을 한눈에 조망할 수 없었고 지나온 길을 돌아볼 수도 없었다.

마침내 숲에 들어섰고 회청록 양치식물과 삼나무가 자라는 비탈로 나왔다. 엄마가 커다란 바위 옆에 서 있었다. 나는 엄마 곁으로 다가가 카메라를 꺼내고 설정을 맞췄다. 그러면서 그 전해에 본 사진 연작에 대해 말했다. 이곳의 도리이는 거대한 관광지로서 잘 보전되고 있었지만 다른 여러 곳에 있는 더 오래되고 규모가 작은 도리이 중 상당수는 파손되거나 내버려져 있다고 했다. 연작 중에 열대림 가운데 버려진 우아한 도리이 사진이 있었다고 기억을 되살려 말했다. 재활용할 목적으로 공원 벤치에 비스듬히 기대어놓은 도리이도 있었다고. 나는 엄마 손을 내 손에 쥐고 다른 손으로 셔터를 눌렀다. 나중에 그 사진을 돌아보면서 우리가 카메라에 잡힐 준비가 미처 안 돼 있었음을 확인할 수 있었다. 지치고 놀라고 어쩐지 서로 몹시 닮은 모습이었다.

엄마가 산 정상에 있는 작은 가게로 향했고 우리는 녹차와 요깃거리를 주문했다. 엄마는 손톱만 한 흰여우 주구呪具와 엽서 두 장을 샀다. 나는 엄마가 이곳에 있는 동안 산 물건이 모두 다른 사람에게 주기 위한 선물이었음을 알아차렸다. 녹차는 뜨거워서 좋았고, 요깃거리는 달콤한 팥으로 소를 채운 작고 둥근 빵이 었다. 우리는 벤치를 찾아 전망을 마주하고 앉아서 다른 관광객들이 지치거나 지루해하는 모양새로 마지막 기둥 문을 통과하거나 아래 펼쳐진 계곡과 저희 얼굴을 사진에 담으려 바위에 오르는 것을 바라봤다.

공항으로 떠나기 전에 시간이 조금 남아 사찰을 개조한 가게에 들어갔다. 우리는 어느새 습관이 된 대로 갈라섰고, 나는 마지막 남은 엔화로 로리에게 줄 쪽빛 목도리와 내가 쓸 두툼한 편지지를 샀다. 계산을 마치고 엄마를 찾았지만 가게 어디에도 보이지 않앉다. 몇 분 뒤에 입구 벤치에서 기다리고 있는 엄마를 찾았는데 어쩐지 내내 거기 있었던 것만 같은 자세로—실제로 그랬는지도 모를 일이었다—앉아 있었다. 가게문이 바깥을 배경으로 엄마 주위에 액자틀을 둘렀고, 그 가운데 엄마가 조각상이 앉아 있을 법한 몸가짐으로 두 손을 무릎에 평화롭게 모으고 앉아 있었다. 무릎과 발을 가지런히 붙여 신체 부위 중에 다른 부위와 맞닿지 않는 곳이 한 군데도 없고 그렇기에 바위 하나로부터 깎아냈을 수도 있는 모습으로. 자세뿐 아니라 됨됨이도 조각을 닮아, 마침내 흡족함에 이른 듯 깊은 숨을 쉬고 있었다. 외투를 다시 입고 가게로 들어서는 사람들 주위를 빙 돌아 엄마에게 갔다. 내가 다가오는 걸 보고 엄마가 팔을 들어 손짓했다. 좀 도와줄래? 그제야 몸이 잘 숙여지지 않아 엄마 손이 신발에 닿지 않는 게 보였다. 무릎을 꿇고 엄마를 거들어 신을 한 번 쓱 당겨 발에 신겨주었다.

작가의 말

　'살아 있는' 글을 쓰기 위해 작가는 종종 독자 못지않은 발견의 과정을 밟아야 한다.『눈이 올 정도로 추운지』를 쓰는 동안 나는 아무래도 여러 생각을 했던 듯하고 그런 여러 지점을 최대한 또는 모두 다ー진실로서, 그리고 동시에ー품어줄 최대한 단순한 형식을 찾고자 했다. 이 중 하나는 삶과 예술의 관계였다. 딱히 예술가가 아니더라도 예술가로서 세계를 보고자 하는 갈망이 지니는 의미와, 삶과 예술 사이의 우로보로스와도 같은 이상한 연결(삶을 묘사하려 드는 예술, 그리고 예술을 통해 삶을 이해하려 드는 우리)을 생각했다. 이런 삼각을 이루는 에크프라시스적 특성, 경우에 따라서는 제3의 것 또는 대상을 통해서만 명징하게 볼 수 있는 측면에도 매력을 느꼈다. 소설의 화자는 일본을 여행하며 자기와 어머니가 가족과 기억과 어떤 관계를 맺고 있는지에 대해, 시간과 역사 속 개인에 대해 또는 개인 두 사람에 대해 비로소 생각하게 된다. 여기서 나는 여러 세대에 걸친 이주의 성질, 이주가 파편화와 망각, 재발견과 향수의 현재진행형 과정인 점을 (그렇기에 결여이지만 또한 유익할 수 있음을) 전하고 싶었다. 궁극적으로는 아무래도 언어와 내면세계의 관계, 진실되게 말하기가 얼마나 어렵고 다른 사람을 알고 또 다른 사람이 나를 알아주는 게 얼마나 어려운 일인지를 살피는 소설일 것이다. 하지만 그런 동시에 말하지 않거나 말해지지 않는 건—엄마와 딸 사이에서는 특히나—엄청난 힘과 마찰을 지니기 마련이다. 나는 이 책이 그 자체로 두 사람이 나누는 일종의 대화라 여겼고, 겉으로 발화되는 건 적고 함의가 많은 일부 문학작품과 중국어와 일본어 같은 언어를 염두에 두었다.

이중 여행

김화진

엄마와 단둘이 여행해본 적이 있나, 떠올려보면 까마득하다. 해외 여행은 간 적이 없고, 기억하기로 국내 여행은 두 번뿐인 것 같다. 그걸 여행이라고 부를 수 있을까. 그러나 그것도 여행이겠지. 집에서 어딘가로 떠났다가 다시 집으로 돌아오는 일을 모두 여행이라고 부른다면 말이다. 『눈이 올 정도로 추운지』는 엄마와 떠났던 여행의 기억을 떠오르게 하는 소설이다. 소설 속 엄마와 딸의 성격이나 입장, 그들을 이룬 과거와 현재가 읽는 이와는 무척 다르더라도. 『눈이 올 정도로 추운지』에서 엄마와 딸의 고요한 여행은 조금은 충동적인 딸의 제안으로 시작된다. 한 해가 시작될 즈음 '나'는 정연한 말로 구체적인 이유를 설명할 수는 없지만 "왠지 그래야" 할 것 같다는 마음으로 "이제 같은 도시에 살지도 않고 성인이 된 뒤로 같이 여행을 다녀온 적도 거의 없"(11쪽)는 엄마에게 함께 일본 여행을 갈 것을 제안한다. 처음 딸의 제안을 들었을 때 썩 내켜하지 않던 엄마도 계속되는 '나'의 설득에 동의하고, 시간이 흘러 10월, 엄마도 '나'도 가장 좋아하는 계절인 가을에 둘은 도쿄에서 만난다.

아주 오랜만인 엄마와의 여행을 위해 '나'는 몇 주 전부터 "상당한 시간을 들여 관광할 장소를 물색"한다. "신사, 숲이 우거진 공원, 갤러리, 전쟁 이전에 지은 몇 안 남은 고가옥 등등 엄마가 뭘 보고 싶어할지 고심하며"(17쪽) 여행 계획을 짠다. 이 부분을 읽으며 나는 무척이나 긴장했다. 만약 엄마와 다른 나라를 여행하게 된다면, 나는 소설 속 '나'처럼 엄마를 위한 여행 가이드를 잘 해낼 수 있을까? 엄마와 함께 묵기 편안한 호텔을 예약하고, 엄마가 좋아할 만한 목적지를 서너 군데 찾고 그곳까지 가기 위한 길을 찾고, 나를 따라오는 엄마, 내가 짠 계획과 일정만 믿는 엄마를 신경쓰며 가는 길 중간중간 입맛에 맞는 좋은 식당까지…… 찾을 수 있을까? 변명하자면 이런 상상만으로 진이 빠지는 탓에 나는 엄마에게 함께 여행을 가자고 제안해본 적이 없다. 잘 해내지 못할 것 같아서, 엄마가 원하는 것을 주지 못할 것 같아서 말이다.

그러나 '나'가 짠 여행 계획을 잘 들여다보면, 엄마에게 좋은 것을 보여주고 싶다는 마음과 함께 슬쩍 비쳐 보이는 다른 마음이 있다. 엄마를 알고 싶은 마음보다 큰, 엄마에게 나를 알려주고 싶은 마음이다. 그 여행의 코스는 실은 엄마보다는 '나'의 관심사, 전공, 직업에 초점 맞추어져 짜여 있다. '나'는 여행에서 보는 전시 내내 엄마에게 의견을 묻는다. 엄마는 딸의 질문에 짧게 대답하거나, 피곤하여 전시실 바깥으로 나와 쉬곤 한다. '나'의 엄마가 정말 '나'가 짠 코스를 좋아했을까? 소설을 읽으며 나는 내가 그 코스를 짠 듯 (남의) 엄마 눈치를 봤다. 미술관에서, 서점에서 엄마에게 연신 질문을 던지는 '나'는 그 질문에 대해, 목격한 것들에 대해 자신의 감상과 해석을 계속해서 말하고 싶어하는 것처럼 보인다. 엄마, 나 봐봐. 나는 이 작품을 이렇게 봐. 이렇게 보기 위해 그런 경험이 필요했어. 나는 그 그림을 이렇게 해석해. 그 해석을 배우기 위해 나는 이렇게 공부했어. 엄마, 나는 이런 식으로 세상을 봐. 엄마, 나는 이런 사람이야.

그리고 그 간절하고 초조한 발화는 다름 아닌 어린 마음, 딸이 할 수 있는 사랑 중 하나일 것이다. 그것 하나만으로 나는 이 소설의 '나'와 그 소설을 읽는 나를 겹쳐둘 수밖에 없었다. 소설을 읽는 동안 엄마와 함께 떠났던 몇 안 되는 둘만의 여행을 떠올렸고, 뒤이어 그것이 가능했던 건 언제나 엄마가 나를 위해 떠나줬기 때문이었다는 걸 깨달았다. 소설은 내가 지나친 기억들을 되짚을 수 있게 해주었다. 그리고 그것은 소설 속 '나'가 엄마와 함께 여행하는 동시에 혼자서 기억 속을 여행하는 '이중 여행' 방식 덕분이었다. '나'가 여행지의 낮과 밤, 날씨와 거리, 마주하는 풍경과 먹는 음식이 불러일으키는 과거의 어느 순간으로 떠날 때마다, 소설을 읽는 나도 현재의 시선은 소설에 둔 채 마음속 어딘가에서는 과거로의 여행을 떠나게 되었다.

이중 여행, 혹은 양방향의 여행. 그가 현재의 여행에서 산길을 걸으며 과거의 생각으로 기억 여행을 떠

나면 나도 따라서 내 인생의 비슷한 구간을 찾아 거
닐었다. 소설은 내가 규칙 없이 과거를 여행하는 일
이 어렵지 않도록 헨젤과 그레텔이 조약돌을 뿌려두
듯 문장과 장면을 뿌려두었다. 이를테면 이런 문장을
만나면, 나의 이중 여행이 시작되는 것이다.

> 휴대폰 화면을 넘겨가며 도쿄에서 찍은 사진을
> 다시 봤다. (…) 내가 시부야 교차로에 서 있는
> 모습을 담은 이십이 초짜리 동영상이 있었다.
> (…) 신호등 불빛이 바뀔 참이었고, 휴대폰 스피
> 커에서 잠깐만, 잠깐만 서서 웃어봐 하는 엄마
> 목소리가 들렸다.(133~134쪽)

엄마와 단둘이 떠난 나의 첫 번째 여행은 내가 열
아홉 살이었을 때다. 수능시험을 친 뒤 더는 할 수 있
는 게 없던 시간에 엄마와 오이도에 갔던 기억이 난
다. 바다를 보자고 문득 떠난 여행이었는데, 막상 우
리가 본 것은 파랗고 아름다운 바다는 아니었다. 사
람이 모이는 바다라기보다는 배가 떠나고 돌아오는
바다였고, 수산물 시장이 있긴 했으나 관광지 같은

분위기는 느끼지 못했다. 회색 하늘과 회색 도로, 회색 바다가 있었다. 나는 오랫동안 자르지 않아 긴 머리를 하고, 아직 추운 계절이라 빨간 목도리를 두르고 있었다. 그런 나에게 엄마는 자꾸만 휴대폰 카메라를 가져다 대며 여기 봐, 하고 말했다. 그때 나는 내내 앉아서 공부만 하느라 살이 찌고, 그렇게 공부했는데 대학에 갈 수 있는지 없는지도 모르는 내 모습, 내가 처한 상태가 마음에 들지 않아서 사진을 찍는 게 내키지 않았던 기억이 난다. 내키지는 않지만 엄마가 나에게 시간을 내주는 게 좋아서, 시험을 치고 싱숭생숭해 보이는 딸에게 엄마가 줄 수 있는 최선의 시간을 내주고 있는 걸 알아서 마냥 툴툴거리지는 못하고 카메라를 향해 서면서도 나 뚱뚱하잖아, 하고 작게 웅얼거리면 예뻐, 하고 말해주던 엄마의 목소리도.

그날 엄마와는 바다 구경을 조금 하고, 생선을 파는 사람들을 보다가 근처에서 바지락칼국수를 먹고 집으로 돌아왔다. 반나절은 걸렸으려나. 아주 짧은 여행이었다. 그때 칼국수를 먹다가 엄마가 맥주 마실래? 하고 물었던가, 아니면 내가 왜곡한 기억인가, 잘 모르겠다(이런 날 듯 말 듯한 기억을 얘기하면 엄마는 항상 나에게 지어내지 말라고 한다. 내가 언제나 좀 기억에 상상을 덧붙이는 편이었나보다……). 나는 그날 엄마에게 많은 이야기를 한 것 같지는 않다. 엄마에게 뭔가를 말하고 싶어서 떠난 여행은 아니었던 것 같다. 반대로 마음이 텅 빈 것 같았다. 아직 누군가가 되지 못한 상태였기 때문인지도 모르겠다. 열아홉, 스무 살 즈음의 나는 내가 누군지, 뭐가 될지, 뭘 할 수 있을지 아무것도 모르고 확신도 희망도 가지지 못한 채였다. 운 좋게 대학에 입학하고 나서도 얼마간은 그런 상태였다. 소설 속 '나'가 여행지 서점에서 발견한 풍경화 연작에 대한 설명이 그때 나의 기분과 조금 비슷했는데, 말하자면 "형체 없는 혼령 같은 느낌"(38쪽)에 가까웠다.

> 간식 카트가 지나가기에 좀 추운 감은 있었지만 녹차맛 아이스크림을 두 개 사 엄마에게 하나 건넸다.(141쪽)

그리고 이십 대 초반에 또 한 번, 엄마와 여행을 갔

다. 이번에도 계획되어 있던 여행은 아니고 갑자기 떠난 것으로 기억한다. 보성에 갔었다. 오이도에 갔던 때와 달리 더운 계절이었고, 아마 내가 녹차밭을 보고 싶다고 했던 것 같다. 엄마가 운전을 했고 나는 옆자리에 앉아 떠들 수 있는 만큼 떠들었다. 싹을 틔운 녹차밭이 끝 모르고 펼쳐진 풍경은 바다를 보는 것만큼이나 탁 트인 기분이 들게 했다. 차밭에 도착해서는 말없이 경사진 차밭 사이를 걸었던 것 같다. 고개를 숙여 내딛는 걸음을 보다가 잠깐잠깐 고개를 들어 아래로 펼쳐진 녹차밭 전경을 보며 우와 하고 감탄하기를 반복했다. 보성에서는 다른 여행객에게 사진을 부탁해서 엄마와 함께 사진을 찍을 수 있었다. 엄마는 다른 사람에게 사진을 부탁했고 나는 혼자서 온통 초록인 녹차밭만 찍었다. 그래도, 스물한두살의 나는 열아홉 살 때보다는 좀더 밝게 웃으며 카메라를 보고 웃었다(고 생각한다). 녹차밭을 내려와서는 매표소 근처에서 파는 녹차 아이스크림을 먹었다.

엄마가 날 보며 미소 지었다. 우리가 함께 있음에 그리고 말이 필요치 않음에 그저 기쁘기만

한 듯이.(142쪽)

처음으로 엄마와 함께 여행을 갔던 열아홉 살로부터 일 년보다 조금 긴 시간이 지나고, 나는 엄마에게 조금은 너스레를 떨 수 있는 성격이 되었다. 그 후 일 년, 또 일 년만큼 더. 그러니까 생각해보면 나는 열아홉 살까지 엄마를 좀 어색해했던 것 같다. 엄마가 나를 어떻게 대해야 하는지 모르는 만큼 나도 엄마를 어떻게 대해야 하는지 몰랐다. 엄마와는 어떤 이야기를 해야 하는지, 어떻게 농담하면 좋을지. 엄마가 나에게 원하는 것은 어렴풋하게 무엇인지 알 것 같았으나 모른 척하고 싶었다. 아무래도 엄마가 원하는 사람은 못 될 것 같아서. 보성을 떠나기 전 유명하다는 식당에 들어가 떡갈비를 먹었다. 덥고 지쳤던 내가 평소보다 밥을 잘 먹어서 엄마가 잘 먹네, 했던 기억이 난다(이것도 내가 지어낸 기억이면 어떡하나……). 그리고 돌아오는 길에는 차가 막혔다. 엄마는 안양에서 보성까지, 또 보성에서 안양까지 운전을 했고 가는 길에 체력이 남아돌아 옆자리에서 떠들던 나는 오는 길에 바닥난 체력으로 옆자리에서 내내 잤다. 고생은 엄마만 했다. 그것이 엄마와 단둘이 갔던 마지막 여행이었다.

스무 살 무렵의 나로부터 십 년에 가까운 시간이 흘렀다. 그 시간 동안 많은 게 변했다. 나는 가족과 따로 살게 되었고, 대학을 졸업하고 직업을 가졌다. 소설도 쓰게 되었다. 나를 이루는 이토록 많은 것이 변하는 와중에 변하지 않은 것도 있다. 그때나 지금이나 나는 여전히 운전을 하지 못한다. 그때의 내가 그랬던 것처럼 어느 날 갑자기 엄마가 근교 어딘가로 떠나고 싶다고 해도, 나는 십 년 전 나를 차에 태우고 훌쩍 떠났던 엄마처럼 엄마를 태우고 떠나지 못한다. 내가 일을 하느라 바빠진 이후 엄마는 종종 엄마와 나 단둘이 여행을 가면 좋겠다고 말했다. 언제는 어느 호텔 숙박권이 생겼는데 둘이 갈까? 하고 물었고, 또 언제는 네 생일 기념으로 여행 갈까? 하고 운을 띄웠지만 한 번도 둘이서 여행을 간 적은 없다. 다음에 엄마와 단둘이 여행을 가게 된다면 나는 어떤 역할을 맡을까. 여행 경험이 없다고 해도 좋을 그때보다는 조금이나마 더 쌓인 여행 경험으로 엄마를 안내하게 될까. 엄마에게 나에 대한 시시콜콜한 것들을 알려주고 싶어서 기억 속에 손을 넣어 바삐 휘젓고 있을까.

걷는 동안 엄마는 내 일에 대해 물었다.(147쪽)

요즘 엄마가 나에게 가끔 하는 여행 이야기는 이런 것이다. "너 책 많이 팔리면 해외 여행 가자." 아마 몇 부가 팔려도 엄마는 많이 팔린 거라고 할 것이다. 언젠가는 엄마와 여행을 가게 되겠지. 그런데 이런 생각을 할 때에도 나는 소설 속 '나'가 여행 도중 했던 어느 생각처럼("엄마는 늘 젊어 보였는데, 그 앳됨이 내가 품은 엄마의 상과 밀접히 연관돼 있음을 이제 알 수 있었다", 94쪽), 엄마의 시간에 대해서는 상상하지 못하고 나의 미래에 대해서만 상상한다. 그때 나는 뭘 하고 있을까. 이런저런 궁금증 속에서도 가장 궁금한 것은 이런 것이었다. 엄마에 대한 소설을 쓰는 날이 올까. 이것이 내가 『눈이 올 정도로 추운지』를 통과하며 도착한 생각이다. 여행을 떠나는 소설을 읽으며 과거에 떠났던 여행을 되짚어보는 이중 감상의 도착지는 다시 소설. 현재의 소설이 아닌 내가 앞으로 쓰게 될지도 모르는 미래의 소설이다. 독서에서 출발하여 쓰기에 도달하는 여행. 나는 이 여행이 퍽 마음에든다. 미래의 어느 날 내가 정말로 엄마에 대한 소설을 쓰게 되었을 때, 상상만 했던 여행지에 실제로 발을 딛게 되었을 때 어쩐지 엄마의 목소리가 생생하게들릴 것 같다. "왔구나."(139쪽)

옮긴이 이예원

글을 옮긴다. 사뮈엘 베케트의 『머피』, 데버라 리비의 『살림 비용』, 제니퍼 크로프트의 『집앓이』를 한글로 옮겼다.

눈이 올 정도로 추운지

1판 1쇄   2023년 3월 10일

지은이   제시카 아우
옮긴이   이예원
펴낸이   김이선
편집   황지연 김소영
디자인   김마리
마케팅   김상만

펴낸곳   (주)엘리
출판등록   2019년 12월 16일 (제2019-000325호)
주소   04043 서울특별시 마포구 양화로 12길 16-9 (서교동 북앤빌딩)

✉   ellelit@naver.com
🐦 📷   ellelit2020
전화   (편집) 02 3144 3803 (마케팅) 02 6949 1339
팩스   02 3144 3121

ISBN   979-11-91247-32-9 03840